작은천국 FAMILY

가족 안에서 내 모습을 찾아가는 길

작은천국 FAMILY

초판 1쇄 인쇄 2016년 12월 20일
초판 1쇄 발행 2016년 12월 25일

지은이 전영혜
펴낸곳 아름다운동행
펴낸이 박에스더
편집 및 출판 관련 업무 박명철 송진명
디자인 김민주
등록 2006년 10월 2일 제22-2987호
주소 서울시 서초구 효령로 304(서초동) 국제전자센터 1509호
홈페이지 www.iwithjesus.com
전화 02)3465-1520~3
팩스 02)3465-1525

ISBN 979-11-956751-6-6 03810
값 15,000원

작은천국 FAMILY

아름다운동행

프롤로그

가족 안에서 내 모습 찾기

살아가면서 '나'를 잘 알고 싶다는 마음이 내 안에 계속되었다. 크고 작은 문제를 만날 때면 그런 욕구는 더욱 커졌다. 성격 검사를 접하면 시도해 보았다. 그러다 어린 시절 대가족 속에서 살아가던 내 모습을 기억해내면서 윤곽을 잡기 시작했다. 나의 '고향'이며 '현주소'라고 할 수 있는 가족, 그 안에서 '나'는 나의 모습을 찾을 수 있었다.

음악을 좋아하는 가정에서 태어나 어려서부터 피아노 반주를 맡았다. 그래서인지 가족들을 대하는 일이 화음을 맞추는 일처럼 여겨졌다.

"엄마는 화음을 맞추는 사람이 아니라 우리 집 소리굽쇠(tuning folk)야."

딸은 이렇게 말했지만 늘 나는 화음을 맞추는 일에 내 정체성을 두었다.

　2, 30대에는 기자로서 객관적인 글을 쓰다가 심리학을 접하게 되면서
부터 가족과 나의 의미를 찾아 마음을 돌아보는 글을 쓰기 시작했다. 제
목을 붙여 일상 속 사건을 정리하는 습관이 생길 무렵 '작은 천국 Family'
칼럼을 맡게 되었다. 5년간 내 가정의 이야기와 주변에서 보고 들은 귀한
일들을 정리해나갔다.

　왠지 마음에 남아 묵직한 얘기들을 풀어내면서 가족은 정지 상태에서
되풀이 되는 관계가 아님을 알게 되었다. 가족 구성원 한 명 한 명이 나이
가 들고 변화하는 가운데 가족 전체도 새롭게 구도를 잡아가야 하는 것
또한 가정은 삶의 환경이 바뀌고 사건들이 일어날 때에도 울타리를 탄력
적으로 유지해 보호해야 함을 절실히 느꼈다.

　5, 60대 여성들은 현모양처가 아름다운 덕목임을 굳게 믿고 살아왔다.
가족이 인생의 전부였고 그 안에만 있어도 희로애락이 충만했다. 적절한
좌절과 행복을 주는 가정, 그 평범한 가운데 갈등하며 크는 일이 자연스
럽게 이루어진 것이다. 그러나 오늘날 급변하는 사회와 정신 속에서 이러
한 가정 이야기는 유물이 될는지도 모른다.

　이제 양파 껍질 한 겹을 벗긴 것 같다. 내 삶에 자극을 주어 지금껏 졸지
않게 해준 나의 원가족(original family)과 남편, 아이들, 그리고 진한 이야
기를 들려준 이웃들께 감사드린다.

- 전영혜

차례

엄마 아버지 그리고 오빠

자녀들과 함께

작은 의미를 **붙여 보며**

이웃 이야기

결혼 **이야기**

성장하는 엄마, 지혜로운 아내

달콤한 가정에 이르기까지

이웃을 돌아보며

MY STORY

내 마음속
비밀 이야기

감동을 어떻게 간직할까

혜경 씨는 아이들이 어릴 적, 엄마와 아버지 생신이면 카드를 정성껏 함께 만들었다. 콜라주, 모자이크, 스텐실 기법을 동원해 아이들의 성장도 보여 드릴 겸 예쁘게 엮어 보내 드렸다. 색모래, 부드러운 셀로판지 조각, 털실 등으로 색다른 작품을 만들며 아이들과 긴 시간 미리 준비하는 날을 보내곤 했다. 또 아이들이 영어와 한글을 배우며 함께 문구를 만들어 가던 생각이 행복하고 애틋하게 남아 있다.

그런데 80이 넘어 90세가 되신 엄마는 그때 받은 선물에 대한 감동이나 정성을 크게 간직하고 있지 않은 듯 보였다. 여러 아이들, 여러 손자들이 시시때때로 하는 선물을 다 기억할 수 없으리라 여기면서도 서운한 마음이 들었다. 참 예쁜 것들이었는데….

딸이 첫 직장에 들어가 특별한 날이 되면 작은 소포를 부쳐 온다. 선물에, 카드에, 늘 감동을 받지만, 얼마 안 가 혜경 씨 자신도 새 이슈를 가지고 교육의 이름으로 다음 얘기로 몰아간다.

"엄마는 감동이 얼마 가지 못해."

그때 불쑥 딸이 지적한 한 마디다.

'어, 얼마 전 이 말은 내가 엄마에게 좀 서운해하던 말이었는데….'

문득 서유석이 노래한 헤르만 헤세의 시가 생각났다.

>장난감을 받고서
>
>그것을 바라보고 얼싸안고 기어이 부숴 버리는
>
>내일이면 벌써 그걸 준 사람조차 잊어버리는 아이처럼
>
>아름다운 나의 사람아
>
>당신은 내가 드린 내 마음을 고운 장난감처럼
>
>조그만 손으로 장난하다 내 마음이 고민에 잠겨 있을 때
>
>돌보지 않는 나의 사람아, 나의 연인아
>
>- 아름다운 나의 사람 -

아이의 입장에선 엄마에게 선물이 귀하고 오래 가는 것이기를 바랄 테지만, 엄마 편에선 삶의 주제가 다양하고 계속 이어지기에 거기 머물 수가 없는 것인가. 딸에게 미안한 마음이 들면서 나의 늙으신 엄마가 이해되는 순간이었다. 고마움, 감격, 감동 … 어떻게 하면 잊지 않고 지닐 수 있을까.

교만에 관하여

혜경 씨는 교만에 관한 말을 들으면 항상 고개를 숙이게 된다. 성경에는 삶에 경각심을 주는 많은 말들이 있지만, 유독 이 단어를 흘려들을 수가 없다.

"교만은 패망의 선봉이다. 교만은 일만 악의 뿌리다."

살면서 어려운 일이 생기거나 침체를 겪을 때 이런 말이 들리면 곧바로 얼마간의 삶을 돌아보며 반성하게 된다. 이것은 혜경 씨에게는 죄를 쌓아 두지 않게 하는 깨우침이라고 여겨져 쓴 약처럼 삼켜 온 말이다.

언제부터였을까. 초등학교 5학년 때였다. 반에서 회장이 되고 학교 조회 시간에 애국가 지휘를 맡게 되자, 혜경 씨 엄마는 "교만하지 말라"는 말을 하기 시작하셨다. 당시엔 그 말의 깊은 뜻을 잘 모르기도 했지만 한편으론 또 알 것도 같았다.

쓴 약처럼 삼켜 온 그 말

중고등 학창시절을 다양한 활동을 하며 재미 있게 지내다 입시에 낙방했다. 혜경 씨는 자신의 부풀려진 모습이 냉철한 시험에서 드러났음을 깨달았다. 주위에선 시험 운이 없다고도 했지만 혜경 씨는 자신이 실제보다 크게 보인 부분을 알고 있었다. 그래서 학창시절 부족한 스스로를 돌아보며 지냈다.

첫 직장은 도전과 훈련 속에서 새로운 생활을 하게 했다. 여러 사람들을 만나고 지식을 넓혀야 하는 일터에서 움츠리는 자세는 허용되지 않았다. 그때부터 혜경 씨 엄마는 '교만' 훈계를 다시 시작하셨다. 차려 입고 출근할 때나 퇴근해서 이런저런 얘기를 좀 할라 하면 그 단어는 양념처럼 쓰였다.

"알았어요."

늘 머릿속에 맴돌 만큼 이어지던 그 소리….

결혼을 하고 남편은 혜경 씨의 입시 낙방 이야기를 들을 때마다 안타까워하며 용기를 주었고, 혜경 씨의 어두운 그림자를 지워 주고자 마음을 썼다. 그렇게 어깨가 가벼워진 느낌으로 살던 어느 날, 남편이 엄마와 비슷한 말을 하고 있는 게 아닌가. 얘기할 때 잘난 척하지 않게 조심하라고. 엄마의 훈계가 필요 이상의 잔소리로 여겨졌다면 남편의 이런 말은 삶을 공유하는 아내로서 몸부림치면서라도 받아들여야 하는 몫이었다.

"오케이, 조심할게."

그러는 중에 아이들은 자라 성인이 되어 가고 있었다. 경제적으로 어려운 가운데 아이들을 키워 마음껏 뒷바라지 하지 못한 안쓰러움이 일다가, 또한 감사와 대견한 마음이 들기 시작할 무렵이었다.

"엄마, 우리 얘기 어디 가서 하지 마세요. 우린 아직 갈 길이 멀어요."

아이들이 한 말을 곱씹으며 이런저런 서운함에 빠져들었다.

'뭐, 뭐라고 … 너희가 원하면 그러지 … 따끈한 얘기들을 제때 나누지 않으면 식어 버릴 거 같아서 한 번 하는 건데 … 남들이 자식 얘기를 할 때 분위기 맞추며 같이 말하는 것도 안 되나?'

하지만 아이들의 이런 표현은 잔소리로 들리지도 않았고, 억지로 참아야 하는 것도 아니었다. 어렵겠지만 그러겠다고 곧 받아들이고 결심을 했다. 아이들에게 그 어떤 안 좋은 영향도 주고 싶지 않다는 마음에서였다.

세대를 거치며 혜경 씨에게 보내는 우려의 표현은 조금씩 달랐지만, 느껴지는 내용은 같았다. 교만, 잘난 척, 자랑 뭐 그런 거를 하지 말라는 부탁이었다. 혜경 씨는 오랜 인생과제를 떠안으며 몇 자 적었다.

"난 말을 맘대로 할 수 없다. 더욱이 자랑은 할 수 없다. 남들이 드러내는 것을 달관한 듯 듣기만 하는 게 때론 힘들어도 … 주님, 남들은 되도 나는 안 되지요? 알아요."

생각해보면 엄마한테 들은 말을 남편에게, 아이들에게 듣는 게 있다. 지겨워 고개를 돌리고 싶은 말, 그게 아직도 풀어야 할 과제다.

옹이 메우기

혜경 씨는 남편을 '아빠'라 부른다. 가끔 잘못됐다고 지적받지만 "'~아빠'를 줄여서 하는 말인데 어때?"라며 고치지 않고 있다. 실은 그렇게 부르다 보니 뭔가 채워지는 느낌이 들어서 좋기 때문이기도 하다.

나만의 아빠가 필요해

언제부턴지 아버지를 '아빠'라 부르며 매달리는 아이들을 보면서, 어렸을 적에 그래 본 적이 있나 생각해 보니 기억이 나지 않았다. 형제가 많은 가운데 우리 엄마아버지는 내 몫이 아닌 n분의 1이었다. 그리고 그것이 공평한 일이었음을 잘 알고 살아왔다. 아니 어쩌면 나 하나라도 조용히 있자는 마음으로 지낸 것 같기도 하다.

아이들을 낳아 키우며 많은 일들을 겪으면서 세월의 한 뭉텅이가 지나갔다. 아마 그래서 중년의 혜경 씨는 아이들이 떠난 '빈 둥지'에서 웬만한 건 다 들어 주는 남편에게 '아빠'라 부르는 게 좋은 모양이다.

순하고 보드라움에 끌려

그즈음 혜경 씨는 가게 앞을 지나가다 문득 폭신한 봉제인형 앞에 멈춰 섰다. 순하고 보드라운 모습을 한 하얀 토끼가 너무도 사랑스러웠다.

"이거 얼마예요?" "5만 원이요."

파스텔 톤의 연한 색 옷을 입은 토끼가 딱 친구 같았다. 종업원이 '손자' 운운하지 않은 것으로 보아 그러기엔 내가 젊어 보인 거 같다.

'찾아보면 집에 아이들이 갖고 놀던 게 분명 있을 텐데.' 정신이 들어 그 토끼를 내려놓고 돌아왔다. 그러나 그런 토끼는 없었다. 대신 흔한 곰돌이 몇 중에서 단단한 심이 들어가지 않은 말랑한 작은 거 하나를 찾았다. 이런저런 액세서리를 떼어내니 꽤 괜찮은 남자 곰이었다. 좀 미흡하지만 가까이 두고 보기로 했다. '사랑하면 정말 내 거가 된단다.' 어릴 때 읽은 그림동화를 떠올리며 바라보았다.

친구에게 이 얘기를 했더니 여자 곰을 선물해 주었다. 남자 곰의 팔로 어깨를 두르니 다정함이 느껴져 왔다. 이만하면 됐다!

꿩 대신 닭

유치하고 예상치 못한 자신의 모습에 혜경 씨는 '왜 그러

는 걸까? 내심 질문하면서도 곰 둘
을 바라볼 때마다 웃음이 나오고
위로를 받았다. 어릴 때 형제 많고
오가는 객식구들 많은 집에서 인
형들을 맘대로 펴놓고 놀지 못해
서였을까, 그즈음 읽은 톨스토이
단편집에서 "사랑이 전부"라는 메시
지를 받아 말랑한 감촉의 보드라운 인
형이 필요했던 것일까. 아니면 아이들이 집을
떠난 자리, 빈 둥지가 허전해서 갖게 된 마음일까. 그토록 필요로 하던 자
신만의 세계를 이제 갖기 시작했다는 신호탄일까.

　혜경 씨 남편 '아빠'는 곰 인형들의 먼지를 털어 주며 한 마디씩 거든다.

　"어떻게 세월을 거꾸로 살아?"

　"가끔 이해가 안 돼요, 이해가."

　어쩌다 하얀 토끼 인형도 사야 할까 생각해 보지만, 아직은 자신의 욕
구를 찾아 곰돌이를 재활용한 기쁨이 한참 갈 것 같다.

소박한 삶을 살면 포기할 게 그만큼 적어 훗날 걱정도
덜하게 되는 것 같다. 밤에 깼을 때 불을 켜지 않고 움직여보며
할 수 있는 만큼 해보는 것도 그런 이유다.

겉과 속을 비슷하게

명선 씨와 혜경 씨는 중년에 만나 몇 해가 된 친구 사이다. 어른이 되어 친구가 되는 일이 쉽지 않다고들 하는데, 뭔가 서로 특별히 끌려 가까워진 듯하다. 둘은 어떤 주제로 이야기를 시작해도 재미있고 진지하게 빠져 들어간다.

"지난주엔 우리 네 자매와 엄마가 함께 며칠 밤을 보냈어요. 이런저런 얘기를 하다가 우리 중에 가장 겉과 속이 같은 사람이 누구냐고 엄마한테 물었는데, 글쎄 엄마가 저를 지목하신 거예요. 그런데 언니가 자기 아니냐며 서운해 하는 거예요. 사실 저는 제 삶의 신조가 '겉과 속이 비슷하게 살아가자'여서 엄마 눈이 맞았다고 여기고 있었거든요."

명선 씨가 웃으며 말했다.

"어머, 제 생활의 수칙도 '안팎이 같은 삶을 살자' 는 건데 어떻게 저랑

같죠? 그런 점이 맞아서 이렇게 만나나 봐요."

　혜경 씨가 응수하며 다시 물었다.

　"그런데 왜 그런 생활신조를 갖게 됐어요?"

　"엄마 때문이에요."

집에서 너무나 다른 엄마

　　　　　　　　"우리 엄마는 학자의 아내로 살면서 남들에게 이해심 넓고 잘 받아 주는 '어진 여인'으로 입에 오르는 분이에요. 남들에게 그렇게 했으니까요. 그런데 집에서의 엄마는 억척스럽고 세고 푸근하지도 않은 사람이었거든요."

　"와, 우리 엄마랑 비슷하네요."

　혜경 씨도 얘기했다.

　"거기다 본인이 살던 방식이 아닌 것을 가르치기도 했어요."

　"어떤 거죠?"

　"'와이셔츠는 다림질하지 마라. 요샌 옷감이 좋아서 다릴 필요가 없다.' 살림을 모르던 저는 그 말대로 주장하다 남편이랑 싸움도 했어요. 나중에 다른 사람들한테 물어 보니 대부분의 옷들은 다림질이 필요하고 어떤 사람은 속옷까지 다린다는 걸 알게 됐지요."

　"바쁘게 사는 딸 일손을 덜어 주려고 한 말일 텐데 도움이 안 됐네요."

　"게다가 정작 엄마는 아버지 셔츠를 계속 정갈하게 다림질하며 살더라고요. 내게 한 말은 아예 잊어버린 것 같더라니까요."

내재된 욕심쟁이 엄마

"우리 엄마는 일본 여자 같은 이미지라는 말을 듣고 살았어요. 조용하고 순종적으로 보이고 단아한 얼굴로 잘 웃었거든 요. 그런데 집에서는 욕도 잘하고 욕심이 많아서 누구 만나고 들어오면 '그 집 애들은~' 하면서 우릴 막 혼냈어요. 그러다 손님이 오시면 다시 예의 있게 대하고."

말로 다 할 수 없는 '비리들'이 엄마들한테 꽤 있음을 두 사람은 씁쓸한 얼굴로 얘기하며 공감하고 있었다.

'집사, 권사'의 이름으로 살면서 가족이기주의의 모습을 죄책감 없이 보여 온 엄마들. '하지만 아이들은 어려서 모를 거야' 믿고 싶겠지만, 이렇게 장성한 자녀들이 그 엄마를 반면교사 삼아 '안팎이 비슷한 사람으로 살겠다'는 다짐을 한 사실을 알면 정말 놀랄 것이다.

우리는 '좀 나은 세대'라는 희망적 주제로 대화를 이어갔다. 그러다 문득 '우리 애들도 우리의 어떤 면을 닮지 않으려고 애쓰고 있지는 않을까'라는 얘기로 넘어갔다.

"우리 애들은 인종차별."

"우리는 내 뜻대로 하는 엄마라는 느낌."

"잘난 척 안 하기."

"머리만큼 몸도 가꾸자."

"그런 걸까요?"

둘은 소리 내어 웃었다.

크고 막연한 꿈과 소박하고 지속적인 꿈이 있다.
그중 작고 안전한 꿈을 이루며 사는 맛이 괜찮다.
약간의 도전과 노력이 적절한 난이도로 온다면

내 마음의 풍금

우리 집에는 짙은 보랏빛의 오르간이 있었다. 보통 풍금보다 좀더 크고
하얀 건반이 예뻤는데, 나중에 초등학교 교실에 있는 것과 비교해 보니
건반 크기도 피아노 사이즈와 같고 옥타브도 많았다. 언니는 언제부터 레
슨을 받았는지 소나티네와 '엘리제를 위하여'를 연주하곤 했다. 특히 찬송
가를 칠 때는 매우 웅장한 화음이 나왔다.

혜경 씨는 의자에 앉으면 페달에 다리가 닿지 않아, 서서 한 발로 페달
을 열심히 밟아야 했다. 어느 날 언니가 빨간색 바이엘 책을 펴고 기본이
론을 가르쳐 주었다. 머릿속의 음악이 아닌 단순한 도레미파…. 혜경 씨
는 악보에 관심이 없어 언니의 레슨을 받을 수 없었다. 어려서부터 들어온
음들은 화음이 들어간 바이엘의 뒷부분이었고 소나티네의 파트들이었
다. 그것을 치기 위해 귀에 익은 멜로디 화성을 건반에서 찾기 시작했다.

그렇게 시작된 풍금 연습은 다리가 조금 길어지면서 페달을 밟아 소리를 이어가게 되었다.

초등학교 4학년, 리듬 합주 대회에서 혜경 씨는 집에 풍금이 있는 애라고 처음으로 반주자가 되었다.

"산 산 산 산에서 나무들이 자라고

들 들 들 들에서 곡식들이 자란다.

조롱조롱 가지에 과일들이 자란다.

졸 졸 졸 비 맞고 잘도 자란다.

모두모두 자란다, 시시때때 자란다.

모두모두 자란다, 우리나라가 자란다."

피아노는 부드럽게 눌러도 소리가 혜경 씨는 풍금과 달리 손가락에 힘을 주어야 한다는 걸 알았다. 반 아이들은 큰 북, 작은 북, 트라이앵글, 캐스터네츠, 탬버린, 실로폰을 치면서 노래를 열심히 연주했다. 그때부터 시작된 반주자의 자리를 40대까지 이어 갔으니 우리 집 풍금이 준 영향은 정말 컸다.

피아노 반주자상을 받으면서도 "피아노를 배운 적 없어요, 그냥 혼자 쳤어요"라고 말했다. 그러나 혜경 씨의 반주는 가까이서 듣고 보아 온 언니의 연주 영향을 받았다. 연주를 잘할 수 있는 감성과 음악성은 이렇게 시작된 것이다.

작은천국 FAMILY

게다가 어른들은 집에서 먼 교회에 출석하며 반주를 하던 언니를 칭찬
했다. "예배시간에 빠지거나 늦는 일이 없고, 4부(소프라노, 엘토, 테너, 베이
스)를 놓치지 않고 잘 친다"고. 자연스레 혜경 씨도 반주는 그렇게 해야
한다는 생각을 하게 되었고, 후에 찬송가를 성실히 연습했다. 피아노를
아무한테도 배우지 않았다는 말은 직접 레슨을 받지 않았다는 뜻이지만,
보랏빛 오르간을 집에 마련한 부모님, 언니의 성실한 연주가 영향을 준
것임에 틀림이 없다.

살아가며 받은 것과 준 것을 비교해보면 어느 시점,
거의 비슷하다고 느껴진다. 그래서 감사하다는 말을
아낄 게 없다.

작은 트라우마 치켜세우기

어릴 때는 성장기여서 누구나 먹을 것에 대한 욕구가 크다. 더욱이 발육
이 좋아 잘 자라는 아이들은 늘 먹을 것을 찾는 것처럼 보인다.

혜경 씨는 또래보다 키가 컸는데, 입맛에 맞는 음식을 찾아 먹는 것을
좋아했다. 그런 내게 아버지 밥상에 오르는 보글보글 두부 소고기 찌개,
생선구이, 달걀 프라이, 파란 시금치나 오이 무침은 엄마나 형제들 눈치를
받으면서도 따라 붙지 않을 수 없는 유혹이었다.

한번은 우리끼리 먹는 상에서 국 속의 덩어리를 발견했다. 고기인 줄
알고 냉큼 입에 집어넣었는데 아뿔싸 물컹거리는 된장이었다. 그 이후
로는 배고픔을 참고 있다가 아버지 상에서 남은 반찬으로 밥을 먹곤
했다.

어른들 앞에서 작아지는 목소리

혜경 씨 집에는 늘 사람이 북적였다. 식구도 많은데다가 아버지 회사에 연결된 삼촌, 이모들까지 근처에 살며 왕래하니 이웃에선 늘 잔칫집 같다고 말했다. 엄마는 그 모두의 중심에 선 책임자였는지도 모른다. 숙모가 집에 왔을 때였다. 엄마는 갑자기 내 옷이랑 빨간 가죽 가방을 챙기더니, 혜경 씨보다 한두 살 어린 친척 동생에게 주라면서 건네는 것이었다. 순간 당황스럽고 서운했다. 그러나 아무 말도 하지 못했다.

어른들에 끼여 서 있던 어린 시절의 기억이 있다. 그때 내 키는 어른의 허리에 닿을락 말락 할 정도여서, 말소리를 듣기 위해서는 고개를 치켜들어야 했다. 그 낮은 자리는 어둡고 답답했다. 엘리베이터 속에서 어린아이를 보면 그 생각이 난다. 무슨 말을 하려 해도 어른들의 목소리는 크고 누구도 내 말을 들으려 하지 않았던 것 같다.

작은 트라우마가 남긴 것들

이런 조각 기억들이 성장해 살아가는 데 어떤 영향을 끼쳤을까. 작은 트라우마라도 부정적인 영향을 피할 수는 없었다. 어느새 내 안에는 욕심 많은 아이, 그중에서도 먹을 것에 욕심을 내는 아이라는 생각이 각인되어 있었고 된장 덩어리 트라우마 때문인지 된장을 좋아하지 않는다.

나중에 두 아이를 키우면서 내 아이들에게 만큼은 이 같은 거침돌을 남겨 주고 싶지 않았다. 생각해보니 이 모든 문제들이 아이들 편에서 봐주 기만 하면 생기지 않는다는 것을 깨달았다. 욕심쟁이 같은 별명을 붙이지 않고, 아이들이 좋아하는 음식에 반응하며, 작은 소리로 말하는 내성적인 아이의 말도 들어주고, 유모차에 앉아 있거나 어른 틈에 있는 작은 아이 와 눈높이를 맞춰 얘기하는 그런 노력들이 필요한 것이다.

트라우마를 넘어 성장으로

　　　　　　　　이렇게 부정적인 경험을 뒤집어 아이들을 돌보며 살다 보니 어느 새 혜경 씨 자신의 문제도 완화되어 가고 있었다. 식탐이 조절되고, 매사에 욕심을 덜 내게 되었으며, 내 이야기도 스스럼없 이 남에게 하게 되었다. 나중에 책자를 뒤적이다 이런 현상을 가리켜 '트 라우마(외상) 후 성장'이라고 한다는 사실을 알게 되었다.

어린 시절 외부로부터 온 트라우마를 안고 살아오다 그것을 반복하지 않기 위해 원인을 찾고 노력한 것이 성장으로 연결된 셈이다. 혜경 씨 자 신의 삶이 학자에게 인정받은 것 같아 기뻤다.

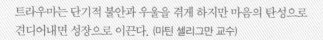

트라우마는 단기적 불안과 우울을 겪게 하지만 마음의 탄성으로 견디어내면 성장으로 이끈다. (마틴 셀리그만 교수)

하얀 거짓말

주워 온 슬리퍼

열 살 즈음에 학교에서 돌아오는 길에 작은 슬리퍼를 주웠다. 어쩌면 고무줄놀이를 하고 있는 애들 것인지도 모르지만, 거리가 좀 떨어져 있어서 그냥 가방에 넣었다. 동생한테 잘 맞을 것 같았다.

집에 와서 동생에게 신겨 보는데, 식구들이 의아하다는 듯 물었다.

"어디서 났어?" "길에서 주웠어?"

"임자가 찾으면 어떡해."

"왜 남의 걸 가져왔어. 그 자리에 갖다놔."

예쁜 슬리퍼를 주워 오면 식구들이 좋아해 줄 거라고 생각했는데, 이 머쓱하고 생경한 말들을 듣고 당황하기 시작했다. '나보고 다시 갖다 주라고? 어떻게?' 난 그날의 기억이 뇌리에 남아 다시는 남의 물건을 줍지 않기로 했다.

거짓말로 만든 상장

혜경이는 단짝 친구 은순이네 집에 가서 시험공부를 같이 하곤 했다. 은순이네는 조용한 방에 공부할 분위기가 잘되어 있는 집이었다. 게다가 엄마도 늘 잘해 주시고….

함께 외우고 묻고 대답하며 재밌게 공부했는데, 시험이 끝나고 혜경이만 상장을 받게 되었다.

'집에 가서 얼른 보여 드리고 이름을 고쳐서 다시 은순이 상장으로 만들어야지. 난 어른 글씨를 잘 쓰니까.'

혜경이는 하얀 종이에 검정 플러스 펜으로 '최은순'을 스무 개쯤 써놓고 제일 잘된 글씨를 하나 골랐다. 정성껏 오려서 자기 이름 위에 붙이고 보니 꽤 괜찮았다. 은순이네로 달려가 상장을 내밀었다.

"이거 너 가져."

다음 날 은순이가 말했다.

"선생님이 누구 이름을 잘못 써서 붙인 거냐고 엄마가 물었어."

혜경이는 그 후 은순이네 집에 가지 못했다.

이상한 선생님

무서운 선생님을 만난 해였다. 여자 선생님은 왠지 분노에 찬 얼굴로 시계를 풀고 아이들을 힘껏 매로 때리곤 했다. 지난 번 시

험보다 하나라도 더 틀렸으면 맞아야 하고 기준에 못 미쳐도 맞고, 그러
니 걸핏하면 매를 들어 온 반 아이들을 공포에 떨게 했다. 혜경이는 선생
님의 지나친 화와 매가 합당하지 않다고 생각했다. '아버지한테 일러 줄
까보다.' 그즈음 선생님은 '사회교실'이란 참고서를 사라고 야단이었다.

"아버지, 선생님이 애들을 막 때려요. 시험 보고도 때리고, '사회교실' 참
고서 안 샀다고도 때리고…."

"그거 위법인데? 교장 선생님한테 알려야겠다."

혜경이는 일이 커지는 것 같아 당황스러웠지만 그냥 두고 보기로 했다.

다음 날 학교에 가니 선생님이 부르르 떨고 계셨다.

"내가 참고서 때문에 때렸냐? 아침부터 교장실서 얼마나 혼났는지 알
아? 누구 아버지야, 전화한 사람이?"

혜경이는 가슴이 뛰었지만 가만히 있었다.

'교장 선생님께 혼났다니 … 쌤통이다.'

세월이 흘러 혜경이는 윤리학을 공부하며 '하얀 거짓말'도 거짓말이라
는 것을 알게 되었다. 모르고 했든 좋은 의도로 했든 거짓말은 거짓말인
것이다. 혜경이는 기독교인이 되는 길목에서 이 일들을 기억하며 회개의
기도를 드렸다.

선의의 거짓말, 보복의 거짓말을 하얀 거짓말이라고 할 수 있을
거다. 윤리학에선 이것도 거짓말이라고 한다.

용감한 돼지의 노래

혜경 씨의 별명은 어려서부터 '돼지'였다. 먹는 걸 좋아해서였을까, 다른 식구들보다 살점이 많아서였을까, 아니면 욕심이 많아서였을까…. 형제 가 많은 가정에서 붙여진 별명은 여러 입에 오르내려 좀처럼 떼어내기가 쉽지 않은 법.

혜경 씨는 사춘기가 되면서 자신의 통통한 몸을 뚱뚱한 것으로 인식하 고는 바지 입기를 두려워했다. 체육시간을 부담스러워했고, 그러다 보니 입시를 위한 체력장에서도 좋은 급수를 따기가 힘들었다.

장난처럼 "다리가 굵다"라는 말을 내뱉거나 그 걸음걸이를 흉내 내는 일들은 혜경 씨의 활동영역을 실내로 점점 좁혀 들어가게 했고 소심한 성 격으로 만들어 버렸다. 가정에서 부르는 그 별명을 향해 화를 낼 수도 없 고 피할 길도 없어 때론 역겹게, 때론 스스럼없이 어른이 되도록 그렇게 불리고 있었다.

어느 날 혜경 씨는 '아기 곰 푸우'(만화영화)에 나오는 귀여운 분홍 아기 돼지 '피글렛'을 보고는 슬쩍 자신의 별명을 '피글렛'이라 풀었다. 마음이 한결 편해졌다. 또 영화 '베이브'를 보면서는 양치기 돼지 베이브를 무척 좋아하게 되었다. 양치기 개를 대신한 지혜로운 돼지 베이브는 양들을 위협하지 않고 대화로 이끄는 모습이었다.

그러다 혜경 씨는 그냥 지나쳤던 사실을 깨닫게 되었다. 그동안 돼지고기를 안 먹고 있었으며, 또 음식 먹는 것을 꽤나 절제하며 살아온 것이다. 어릴 적 별명이 중년 아줌마에게 아직도 영향을 주고 있는 것이 놀라울 뿐이었다.

주변에선 혜경 씨가 자신의 별명 얘기를 하면 모두들 의아해한다.

"왜 그런 별명이 있지요? 남달리 많이 먹는 거 같지도 않고, 체형도 표준에, 물건 욕심을 그리 내는 거 같지도 않은데…."

'돼지라는 별명이 인생 전반기에는 좋지 않은 영향을 주었지만 긴 인생 여정 가운데는 유익도 주고 있었구나.' 그래, 어떤 면에서 절제의 삶을 익혀왔다는 흐뭇한 생각을 하게 된 것이다.

그러던 중 영화 '늑대와 함께 춤을'에 나오는 캐빈 코스트너의 이름처럼 인디언식 이름 짓기가 있어 하게 되었다. 생년월일에 따라 이름을 맞추는데, 아, '용감한 돼지의 노래'가 나오는 것이다. 정말 피하고 싶은 이름 그 이름이 또….

혜경 씨는 요즘 운동을 시작했다. 절제의 생활과 더불어 어릴 때 제대로 못한 체육시간을 즐거보려는 마음으로 열심히 스트레칭을 하면서 균형 잡힌 베이브가 되어 가고 있다. 아, 그리고 인디언식 이름은 원래 생년월일에 붙이는 게 아니라(인디언 도시에 사는 친구가 알려줬다) 그 사람의 성격이나 특징에 맞춰 짓는 것이라고 한다.

그나저나 벗어나기가 쉽지 않은 '용감한 돼지의 노래'다.

아이에게 '꼬리표'를 붙여 반복해서 부르는 것은 부정적인 영향을 주게 된다. 아이뿐 아니라 어른도 마찬가지.

가정예배의 안 좋은 추억

혜경 씨네는 여덟 명의 대식구로 온 가족이 교회에 다녔다. 혜경 씨는 6남매 중 다섯째인데, 집에서 가정예배를 드리는 날은 늘 엄마와 혜경 씨 둘 뿐이었다. 그때 네 살 아래 동생은 어디 있었을까? 어려서 자고 있었을까, 아니면 나가 놀았을까? 생각이 나지 않는다. 아버지와 언니, 오빠들이야 일터나 학교에 있었을 테지만 말이다.

가정예배는 혜경 씨에게 크나큰 숙제거리였다. 찬송을 함께 부르고 엄마와 혜경 씨가 번갈아 성경을 읽기 시작했다. 그런데 당시 세로로 글이 쓰인 성경은 어린(아마도 6-10세) 혜경 씨가 따라서 읽기 쉽지 않았다. 거기다가 엄마는 꼭 한자가 섞인 성경책을 보았다. 가끔 모르는 한자가 나와 머뭇거리면, 빨리 혜경 씨가 알려드려야 했다. 뜻을 잘 알지도 못하는 나열형 글을 놓치지 않고 따라가기가 얼마나 힘이 드는지. 손가락으로 줄을 짚어가지만, 어떤 때는 딴 생각으로 줄을 놓치고, 어떤 때는 졸음이 너무 와서 잊어버리기도 했다.

엄마는 그런 혜경 씨 태도를 고쳐주느라 그랬는지 종종 그 다음 글자가 뭐냐고 물었다. 혜경 씨가 깜짝 놀라 "어디야?"라고 물으면 혼을 내며 잘 따라오라고 했다.

초등학교 저학년 아이한테 그토록 지루한 성경읽기가 또 있을까. 고어체 문장에다가 글자도 작고, 보기도 힘든 세로 글.

성경 한 장을 그렇게 다 읽고 나면 엄마는 이어서 기도를 시작했다. 처음에는 차분한 감사 기도를 드려 눈을 감고 들을 만했다. 하지만 '이북에 계신 어머니'를 입에 올리는 순간 목소리가 떨리면서 급기야 눈물과 콧물이 범벅이 되어 부르짖었다. 더 이상 기도라고 할 수 없는 처절한 울부짖음이었다.

혜경 씨는 가만히 눈을 감고 있어야 할지, 수건이라도 가져와야 할지 무서운 마음에 눈을 떠서 엄마를 쳐다보면, 평소에 보던 엄마의 모습이 아니었다. 이상했다. 엄마는 다 큰 어른인데 왜 어머니가 그렇게도 그리운 것인지, 어떻게 아이처럼 울 수 있는 것인지.

결코 끝날 것 같지 않은 길고 긴 기도(식구가 많으므로 한 명씩 이름을 불러 하다 보면)를 어렵게 마치고 나면, 혜경 씨는 빨리 도망가고만 싶었다. 이처럼 혜경 씨에게 가정예배는 아름답지 않은 기억으로 남겨졌다.

엄마는 그때 가정예배를 통해 혜경 씨에게 주려고 한 것이 많았던 것 같다. 한글을 완전히 익히게 하고, 신앙도 돈독히 하려는 의도였을까. 또 엄마 혼자 드리는 가정예배의 동반자로, 말 잘 듣는 엄마 딸이기를 원했을지도 모른다.

하지만 혜경 씨 기억 속 가정예배는 부담스러운 존재가 되어 버렸다. 엄마가 예배를 드리자고 하면 난처해지기까지 했다. 하지만 그 덕분인지 동화책을 읽는 것이 혜경 씨에겐 즐겁고 쉬운 일이었다.

그 후 혜경 씨는 두 아이들과 가정예배를 드릴 때면 밝고 즐거운 분위기를 유지하려고 노력했다. 혹여 아이들을 무겁게 하지는 않는지, 강압적이진 않는지 되새겨보곤 했다. 아이들에게 가정예배를 좋은 기억으로 남겨주고 싶었다. 훗날 아이들이 힘들 때 예배를 드리고 싶은 마음을 깊숙이 간직하게 하고 싶기 때문이다. 하긴 그마저도 우리 엄마 식 가정예배가 혜경 씨에게 준 안 좋은 추억의 다른 교훈이기도 하다.

교육적인 엄마와 양육적인 엄마의 모습을 생각해보며
나 자신도 점검해본다.

꿈과 땅 사이에

아침부터 FM 라디오에서 마리오 란자의 "Drink, Drink"가 뿜어 나오자 혜경 씨는 마시던 커피 잔을 식탁에 긁으며 "lovingly lovingly soon into mine"을 따라 불렀다. 이어 대학 축전 서곡 "Gaudeamus Igitur"의 멋진 남성중창 화음이 나오자 전율을 느끼면서 중3 때 국어 선생님이 떠올랐다. '황태자의 첫사랑'을 얘기하며 대학생활을 꿈꾸게 한 선생님.

혜경 씨는 그 영화를 보며 내용보다 노래에 빠져들었고 대학에 대한 환상을 마음대로 그리게 되었다. 무엇이든 할 수 있는 자유로운 일탈을 미화해 보면서.

현실, 땅을 밟는 것

대학시험에 떨어진 2월, 발표를 보고 돌아오던 길

에 노오란 햇살 속 버스 안에서 흘러나오던 트로트 가사가 귀에 남았다.

"이별은 너무 슬퍼. 가지 말아요, 가지 말아요." 혜경 씨 자신의 마음을 말하는 것 같았다.

생각해 보면 그리 놀랄 일도 아니었다. 대학생활을 꿈꾸고 있었을 뿐 준비 공부는 제대로 하지 않은 거다. 아니, 미리 대학생처럼 멋 부리고 다니다 3학년 때 급하게 공부하려니 구멍 난 시간을 메울 길이 없었다. 이것은 혜경 씨 자신만 아는 속사정이었기에 '시험은 속일 수 없구나' 하며 헛헛할 수밖에 없지 않았던가.

그러나 그렇게까지 속사정을 알지 못하는 엄마는 앓아 누웠고, 오빠들은 창피하다고 야단이었다. 죄인~ 이래저래 혜경 씨는 죄인이었다. 나중에 들어간 대학은 원하던 데가 아니라 정을 붙이지 못했고, 가족 앞에서도 늘 주눅 든 모습으로 살아야 했다.

황태자의 첫사랑, 하이델베르크

그로부터 20년 후(그래도 인생은 주님 품 안에서 잘 이어져) 두 아이들과 함께 독일여행을 하게 되었다.

"하이델베르크에 꼭 가야 해."

혜경 씨는 'Drink, Drink'를 부르던 황태자와 친구들이 아직도 있을 것만 같은 학생 감옥, 그 배경이던 하이델베르크 성을 보고 싶었다.

그때는 그 영화가 한국의 대학생활과 무슨 관계가 있다고 그리도 가슴이 뛰었던지.

"엄마는 어릴 때 이런 멋진 대학생활을 꿈꾸었는데, 해야 할 공부를 제대로 안 해서 학교를 떨어졌단다."

"학교 떨어지는 게 뭐야?"

"으음, 시험점수가 안 좋아서 그 학교에 들어올 수 없다고 하는 거야."

"아, 우리 엄마 학교 떨어졌구나."

늘 선생님 같던 엄마의 실패 얘기에 아이가 재미있어했다.

슬프고도 아련한 옛 감정들이 올라오는 걸 느끼면서 "학생은 공부를 열심히 해야 하는 거"라고 계속 중얼거리고 있었다.

2월, 졸업식을 가기도 멋쩍던 때

대학입시에 떨어지고 나니 여고 졸업식에 가는 것이 부담되었다. 아무렇지도 않은 얼굴을 할 수도 없고, 그렇다고 고등학교 졸업식을 안 갈 수도 없고. 엄마가 몸을 추스르고 아버지와 오빠와 함께 나섰다.

'아, 이렇게 어색한 때도 그냥 지나가는구나.'

꽃을 들고 사진만 찍고 친구들과는 지나가는 인사를 하고 선생님 눈길은 좀 피해가면서 얼른 돌아왔다. 초라한 날이었다.

작은천국 FAMILY

고등학교 때 미리 맛본 대학생 같은 일탈들이 혜경 씨에겐 평생 반성할 일로 남아 있다. 성실하게 공부하지 못한 것. 그러나 어찌 보면 그 낙방이 지금까지 삶의 교훈이 되어 그나마 이렇게 살도록 하였는지도 모른다. 그리고 이런 말도 할 수 있겠다. 입시에 실패해도, 공부를 그리 잘하지 못해도 웬만큼 살아갈 수 있다고.

유혹과 시험은 지난 날 그 죄를 거절하지 않았던 것에서 다시 온다고 한다. 우상이 된 욕심, 나를 지배하는 것, 정신적 유희가 오래가는 것은 죄의식이 덜 드는 것들이어서 그렇다.

유혹과 시험은 지난 날 그 죄를 거절하지 않았던 것에서 다시 온다고 한다. 우상이 된 욕심, 나를 지배하는 것, 정신적 유희가 오래가는 것은 죄의식이 덜 드는 것들이어서 그렇다.

옥수수 빵 이야기

혜경 씨는 요즘처럼 옥수수가 나오는 시
기가 되면 초등학교 때의 한 기억이
뿌연 흙먼지 속에 그려진다. 자동차
가 지나가거나 바람이 불 때 시야를
덮던 흙먼지 속 이야기.

　초등학교 4학년 교실에는 80명 정도의 아
이들이 있었고, 그중엔 고아원 애들도 꽤 있었다. 그 애들을 포함해 형편
이 어려운 애들에게는 학교에서 매일 옥수수 빵을 나눠 주었다. 노란 알
갱이가 보이는 옥수수 빵, 냄새도 좋고 먹음직한 그 옥수수 빵이 혜경 씨
에겐 그림의 떡이었다.

빵바구니 사올 사람, "저요!"

　　　　　　　　　　　　새 학기가 되어 첫날, 선생님이 칠판에 몇 항목을 쓰셨다.

'빗자루 5개, 쓰레받기 5개, 총채 5개, 걸레 20개, 빵바구니, 화분 5개.'

사올 사람은 손을 드는 것이었다. 혜경 씨는 자신도 모르게 빵바구니에 손을 들었다. 왜 그랬을까? 빵바구니를 사오면 그 옥수수 빵을 하나 먹을 수 있으리라 생각한 걸까? 그즈음 아버지 사업이 어려워지기 시작해 혜경 씨 집은 상황이 좋지 못했고, 누가 말해주지 않아도 혜경 씨는 그것을 잘 알고 있었는데, 순간적으로 일을 낸 것이다.

혜경 씨는 엄마한테 빵바구니 얘기를 꺼내지 못했다. 엄마 얼굴을 보니 왠지 화가 나 있는 것 같아 보였기 때문이다. 며칠이 지나고 선생님은 물건들을 재촉하기 시작했다.

"언제까지 사올래?"

마지막까지 몰린 혜경 씨는 "엄마가 사주셨는데 깜빡 잊고 안 가져왔어요"라고 핑계를 댔다. 선생님은 "으이그" 하며 머리에 아픈 군밤을 주었다.

내일이 또 걱정

　　　　　　　　　　그날 밤, 혜경 씨는 고민에 빠졌다. '집엔 돈이 없을 텐데… 어쩌지? 내일 학교에 가지 말까?'

이튿날, 책가방을 들고 집을 나와 혜경 씨는 계속 걸었다. 버스 종점이 있는 데로 가니 흙먼지가 많이 날렸다. 차장 언니들이 뛰어다니며 일하는 모습을 물끄러미 바라보다가 버스가 돌아나가는 걸 보고 또 보며 한나절을 다 보냈다. 별생각이 안 났다. 배가 고파 이제 집으로 가야 될 것 같았다.

집에선 아무도 몰랐다. 어딜 갔다 왔는지….

근데 내일이 또 걱정이다. 빵바구니! 계속 이렇게 살 순 없는데 … 학교는 가야겠고….

혜경 씨는 한 밤을 자면서 이젠 무슨 일이라도 감당할 자신이 생겼다. 내가 저지른 일이니까.

다음 날 아침 혜경 씨는 선생님 앞으로 나갔다.

"엄마가 돈이 없어서 못 사 준대요"

선생님은 어이없다는 듯 바라보더니 쪽지를 써 주었다.

'혜경 어머님, 혜경이를 위하신다면 내일 학교에 오세요.'

사실 지난해까지만 해도 엄마는 생각도 못한 때 꽃 화분을 들고 학교에 나타났고, 비 온다고 우산을 갖고 오기도 했다. 그러나 이번에 엄마가 오는 것은 다르지 않나. 그래도 혜경 씨는 올 것이 왔다는 비장함과 걱정이 뒤섞인 채 엄마한테 쪽지를 전했다.

학교를 다녀온 엄마는 표정 없는 차가운 얼굴로 아무 말도 하지 않았다. 사건은 이렇게 끝난 것처럼 보였다. 그러나 그 학년을 마치기까지 가정과 학교에서 이어지던 힘든 분위기. 이 일만으로도 책 반 권은 거뜬히 쓸 수 있을 것이다. 경제적으로 위기를 맞은 젊은 엄마는 아이의 마음을 보듬어 줄 여유가 없었고, 성숙하지 못한 선생님은 학년이 끝나기까지 혜경 씨를 편안하게 대해 주지 않았다. 아니, 들들 볶았다.

　세월이 많이 지난 어느 날, 혜경 씨는 제과점에서 노랗게 구워진 옥수수 빵을 보고 너무 반가웠다. '정말 먹고 싶었는데….'

　몇 개를 집어 들면서 아직도 마음속에 4학년 아이가 남아 있음을 느낄 수 있었다. 옥수수 빵이 먹고 싶어 자신도 모르게 빵바구니를 사오겠다고 손을 든 일, 집안사정이 어려워진 걸 분위기로 느끼고는 엄마한테 사 달라는 말도 못하고 고통을 혼자 겪다 거짓말을 하고 무단결석까지 한 일, 그 죄책감과 함께 몇 개월을 소용돌이 속에 지내며 자아를 찾기 위해 무던히도 애를 쓴 일 등이 옥수수 빵과 함께 기억되고 있었다.

마음 깊숙이 슬픈 이야기였다. 부끄럽고 창피하고,
그런데 글로 옮기면서 스스로를 위로하게 되었다.

엄마 아버지
그리고 오빠

지나가는 엄마 말소리

혜경 씨는 오늘도 사람들과 삶의 이야기를 듣고 나눈다. 마음을 같이해 아파하기도 하고 격려도 하며 기쁨에 동참하는 시간을 귀하게 여기면서. 그런데 이야기에 한참 빠져들다 보면 에너지가 떨어지는 때가 있고, 그런 날이면 생각나는 말이 있다.

"남 얘기 너무 많이 듣다간 병난다. 잘 조절해야지."

노년의 엄마가 준 교훈이다. 아닌 게 아니라 그러다 몸살 난 적이 있다.

혜경 씨가 중학교에 다닐 때였다. 평양에서 숭의여학교를 다닐 때 기숙사 생활을 했던 엄마는 혜경 씨에게 이런 말을 했다.

"넌 이담에 카운슬러를 해라. 학교 다닐 때 카운슬링 해 주던 선생님이 얼마나 좋아 보였는지 몰라. 집 떠나 객지서 애쓰던 학생들의 얘기를 들어 주고 조언해 주던 카운슬러, 너도 그런 일 했으면 좋겠다."

그때는 그런 직업을 말하는 사람이 없었다. 혜경 씨도 막연히 듣고 잊은 듯 자신이 좋아하는 음악을 따라다니기도 했고 일도 다른 분야에서 하고 있었다. 그런데 중년에 접어들며 우연히 카운슬링 공부를 하게 되자 엄마 말이 생각났다.

'엄마가 선견지명이 있었나.'

그 후 카운슬링 일을 시작하려는데, 엄마가 다시 이런 말을 했다.

"너 카운슬링으로는 돈 받지 마라. 그건 마음을 살펴주는 귀한 일이잖니."

혜경 씨는 이 말이 참 역하게 들렸다.

'엄만 뭘 모르는 거야. 다들 대가를 받고 하는데 왜 나한테 그런 말을 해.'

대답하기 싫어 "알았다"고만 했다.

그런데 막상 사람들을 만나 어려운 삶의 이야기들을 듣다 보니 이 일은 '값'으로 매기기 어렵다는 생각이 들었다. 마음을 같이하고 시간과 에너지를 쏟고, 날마다 기도해 주는 이 모두를 어떻게 계산할 수 있을까. 또 그중에는 경제적으로 어려운 사람들도 많아 안 받는 것이 옳다는 결론을 내렸다. 더욱 감사하게도 내 소신대로 밀고 나갈 수 있도록 주님은 넉넉한 생활로 나를 이끄셨고, 남편은 든든한 울타리가 되어 주었다.

한편 혜경 씨는 카운슬링을 하다 보니 자신에게 행복 에너지가 충족되지 않으면 나눠 줄 힘이 바닥이 난다는 것을 느끼게 되었다. 그래서 내담자를 만나는 일 못지않게 자신을 위한 시간을 가져야 한다고 여길 때 즈음, 엄마는 이런 걱정을 내놓았다.

"남 얘기 너무 많이 들으면 안 된다. 사람들 복잡한 얘기에 빠지면 얼굴 새까맣게 된다."

점점 약해져만 가는 노년의 엄마는 이렇게 딸을 염려하고 있었다.

혜경 씨는 문득 유명한 저술가 필립 얀시의 일화가 떠올랐다. 그는 빈민가에서 사회복지를 위해 일하는 아내에게 어떤 도움을 줄 수 있을까를 고민하다가, 쉬는 날마다 좋은 식사 자리를 마련해 격려해 주기로 했다. 혜경 씨는 남편에게 그 글을 보여 주며 말했다.

"그래, 내 보상도 이거면 돼."

엄마는 그런 걸 어떻게 다 알고 있을까. 노년에 이르기까지 경험한 많은 것들, 그것을 지혜롭게 소화해 나오는 말, 바로 '통합'이었다.

중년이 지나면서 우리는 삶을 통합하는 모습으로 성숙되든지,
오히려 고집스러운 사람으로 좁아지든지 한다는 거.

좋은 얘기 누구랑 나누세요?

참 좋은 가을, 기다리던 강좌 모임에서 진한 메시지와 함께 뜻있는 시간을 보냈다. 예상치 못한 옛 선생님과 대학 동창과의 만남, 얘기를 나누다가 알게 된 딸 친구의 부모 ⋯ 이런 저런 만남으로 마음이 들떴다. 강사의 지성적이고 영적인 깨우침이 소화될 틈도 없이 다가와 벅찬 과제로 안고 있는데, 우연한 자리서 오랜 세월 열심히 살아온 옛 사람들까지 만나니 흥분이 가시지 않았다.

고단한 날을 지내고 다음 날 아침, 여전히 들뜬 마음으로 누군가와 긴 통화라도 하며 정리를 하고 싶어졌다. 그런데 막상 얘기할 상대가 떠오르지 않았다.

'아, 엄마, 아버지가 안 계시네.'

노년의 부모님과의 대화

노년의 부모님은 나들이 가는 일이 줄어들면서 곧잘 전화를 기다리셨다. 잘 못 들으면서도 한 마디도 놓치지 않고 대화하려는 엄마와 통화하려면 목청을 돋우어야 했다. 그것도 한 시간 이상 주변 얘기를 다 들으려 하니 바쁘거나 피곤할 때는 전화를 할 수가 없었다. 게다가 목소리에 생생한 활기가 없으면 기운이 없냐고 물으니 건강상태가 좋을 때라야 통화할 수 있었다. 일주일에 한두 번 하는 안부전화를 두고 대단한 일인 양 형제들끼리 "보통 일 아니다"라고 중얼대기도 했다.

얼마 전까지만 해도 엄마는 책이나 설교 내용을 얘기하면 토론이 가능했다. 누구를 만났다고 하면 관련된 에피소드를 다 기억해내 말할 맛이 나게 했다. 낙천적인 아버지는 내 삶의 스토리를 언제나 재미있게 들으셨다.

"그 일이 그렇게 풀리다니 하나님 은혜 참 감사하다"며 울먹이기도 하시고, "난 네 얘길 들으면 마음이 평안해진다"고도 하셨다. 가족원들 중 가장 영적으로 보이지 않는 분이었는데 말이다. 그리고 보니 아버지한테는 얘기할 때 과장법도 곧잘 쓴 것 같다. 그런 아버지 옆에서 엄마는 "거저 교만하지 마라. 머리 흔들며 남 앞에 서지 말고…."라며 곧바로 '잡아당기는 역'을 했고.

하지만 노년의 부모에게 힘든 얘기는 할 수 없었다. 누가 말해 준 건 아니지만 저절로 그렇게 바뀌어 가며 '기쁨을 드리는 전화'를 하고 있다고 스스로 여긴 것 같다. 그런데 지금 보니 부모는 내 기쁜 일들에 진심으로 동참하는 유일한 분들이었다. 아니, 나보다 더 기뻐하는 분들이었던 것이다. 마음껏 자랑하고 좀 과장해도 그냥 넘어가 주시는….

진심으로 좋은 얘기 나눌 친구

힘든 중년기가 시작될 때 마음속 깊은 이야기들을 잘 들어주는 친구가 있었다. 영리하고 똑똑한 친구라 객관적인 입장에서 많은 도움을 주었다. 가까운 사람과의 관계 속에서 어려워할 때 그 친구는 한 걸음 물러서서 보라고 하며 힘들어할 때마다 함께해 주었다.

그런데 이후 상황이 좋아지며 그 사연을 함께 나누려고 하자 그 친구는 그전의 친밀감을 더 이상 가지려 하지 않았다. 어려운 것을 함께 나누는 일보다 재미있고 좋은 것을 마음으로 함께하는 일이 더 어렵다는 것을 느꼈다.

딸에게 전화가 왔다. 좋은 얘기를 맘껏 하면 열심히 들어주던 할머니가 그립다고 했더니 "그래서 울었어?"라며 살뜰하게 다가오는 듯했다. 이때다 싶어 "그럼 너한테 얘기할까?"라며 한참 말하는데 반응이 조용했다. 다 교훈으로 듣는 느낌이었다. "그렇지. 뉘 집 딸인데~" 라며 웃어 주는 건 내 부모만 할 수 있는 일이었나 보다.

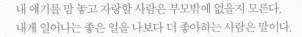

내 얘기를 맘 놓고 자랑할 사람은 부모밖에 없을지 모른다.
내게 일어나는 좋은 일을 나보다 더 좋아하는 사람은 말이다.

엄마와의 긴 통화

엄마를 만나려면 비행기로 열 시간을 가야 한다. 어디 그뿐인가. 집에서 공항까지 가는 시간, 탑승 수속하는 두어 시간, 도착지 공항 통관, 목적지까지 걸리는 시간을 합하면 15시간이 걸린다. 여러 해 이렇게 엄마와 떨어져 살다 보니 혜경 씨는 어쩌다 한 번씩 만나서 얘기하듯 마음먹고 긴 통화를 하게 된다. 엄마한테 전화를 할 마음이 들 때는 어떤 주제를 꺼내든 경험을 살려 삶의 지혜로 객관화하는 엄마의 훈수가 듣고 싶기 때문이다.

그날도 혜경 씨는 중년기의 삶이 복잡하다는 생각을 하며 수화기를 들었다.

혜경: "엄마~."

엄마: "지난주에는 아무도 연락이 없어서 기다리고 기다리다가 젊은 애

들이 바쁘게 사는데 내가 하는 일 없이 전화 오기만 자꾸 기다리는 게 옳지 않다는 생각을 했다."

혜경: "우리가 전화할 때 엄마가 못 받을 때도 있지만 요즘은 좀 복잡했어요. 3년간 투병해 온 젊은 환자가 하늘나라로 갔어요. 그 와중에 결혼식도 있었고, 어린이집 학부모들 교육 세미나까지 있었는데, 울던 얼굴 닦고 밝은 모습을 보이는 게 힘들더라고요."

엄마: "세상은 언제나 그래 왔단다. 한편에선 떠나가고 다른 한편에선 태어나고, 애들 보며 웃고 가르치려 애쓰고 돌아보면 늙고 아픈 사람들이 있고. 생로병사는 한 사람의 일생이기도 하지만 늘 어디선가 함께 일어나는 거란다. 그런 일이 한꺼번에 보일 때에야 제대로 느끼게 되는 거지. 어려운 주간을 보냈구나."

진실한 삶을 살아내기 위한 노력

　　　　　혜경: "젊은, 애들 엄마를 떠나보내며 그동안 병석의 고통을 안 봤다면 가족들의 슬픔과 서운함이 어떠했을까 생각해 봤어요. 환자 자신도 고통으로 신음하며 '이제 가고 싶다'고 했고, 그걸 지켜보던 가족들도 이제 하늘에 가서 맘대로 걷고 날아다니라고 했으니까요. 고통이 이별에 위안을 준 셈이죠. 그런 생각을 하다 보니 세상을 떠나게 되는 사람에게도 고통은 역시 위안이 된다는 걸 새삼 깨닫게 되더라고요. 죽음으로 가는 길고 심한 고통의 길을 바로 넘어갔다는 의미에서요."

작은천국 FAMILY

엄마: "그렇게 생각할 수도 있겠구나."

혜경: "이건 다른 얘긴데요, 사람들이 남 앞에서와 뒤에서 너무 다른 행동을 하면서도 누구나 다 그렇게 한다고 말하는 걸 보면 안타까워요. 자신이 마음먹기에 따라 달라질 수 있다는 걸 모르는 거 같아요."

엄마: "나는 내 욕심을 위해 사람들이 모를 일을 한 적이 꽤 있단다. 하나님 앞에서 진실 되게 살지 못한 셈이지. 사람들은 내 겉만 보고 좋은 말들을 많이 하지만 하나님 앞에 부끄럽고 죄송한 마음이야."

혜경: "그건 노년에 할 수 있는 최선의 기도가 아닐까요. 진실 되지 못했다는 회개야말로 우리가 할 수 있는 가장 중요한 마지막 고백이에요. 엄마는 정말 중요한 시간을 보내고 있는 거예요."

엄마: "그러면서도 이렇게 살아온 게 감사할 뿐이란다. 우리 시대는 전쟁으로, 싸움으로 정말 어려워서 살기 위해 옳지 못한 일도 했지. 그러나 지금 사람들은 너무 욕심만 부리지 않으면 옳은 일을 하며 살 수 있다고 본다. 감사하며 좀 내려놓으면서 살려무나."

혜경: "네 알겠어요. 엄마."

아버지! 우린 몰랐어요

보스턴에서 유학생활을 마무리하던 때였다. 부모님이 미국 서부 관광을 마치고 동부로 오신다고 해서 공항으로 마중을 나갔다. 만난 지 2년 남짓, 지난번 만났을 때를 떠올리며 그런 모습을 기다리고 있었다. 표현이 직선적이고 에너지가 넘치는 아버지는 남성다움의 매너로 씩씩한 분이었다. 공항에서도 특유의 민첩함으로 일찍 나오시곤 했는데, 그날은 영 느지막이 나오셨다. 그것도 두 분이 따로 떨어져서….

어머니는 못마땅한 얼굴이었고, 뒤따라 나온 아버지는 가방 실은 캐리어를 힘겹게 밀고 나오셨다.

"어떻게 된 거야?"

"말 마라. 아버지가 얼마나 꾸물거리는지 이렇게 꼴찌로 나오게 됐단다."

"아버지, 왜 그랬어? 민첩한 우리 아버지가…."

아버지는 "그렇게 됐다"며 더 이상 말씀을 안 하셨다.

쓸쓸한 깨달음

　　며칠 후 학교 안 유학생 자녀들에게 할아버지의 마술을 보러 오라고 했다. 얼마 전에도 지역 행사에서 한 레퍼토리가 있다고 해서 방학을 무료하게 보내는 아이들에게 좋은 선물이 될 것이었다.

　우리가 어려서부터 보고 또 봐도 흉내 내기 힘든 아버지의 빠른 손놀림의 마술이었기에 자신 있게 불러 모았다. 열댓 명이 모여와 흥미진진하게 시작하는데, 내 눈에 아버지의 손길은 둔해 보였다. '계란이 거기서 나오는구나. 그 종이는 그렇게 없어지는구나….' 쓸쓸한 깨달음이었다.

　마술이 끝나고 이웃 가정에서 식사 초대를 했다. 거기서 아버지는 바닥에 앉기 싫다며 의자에서 식사를 하시겠다고 했다. 교자상에 차려진 음식을 의자에서 드시겠다니 민망하기 그지없었다. 방석으로 편히 자리를 마련해 드려도 요지부동이었다. 어쩔 수 없이 접시에 담아 혼자 식탁에서 드시게 했다. 아버지가 아무래도 이상해지셨다는 생각이 들었다.

　다음 날은 근처로 관광을 나갔는데, 차에서 타고 내리는 일이 반복되자 아버지는 우리끼리 보고 오라며 안 내리겠다고 하셨다. 지난번엔 여행 일기까지 쓰시던 분이다.

달라진 아버지

　　아버지는 목욕을 좋아하셔서 종종 뜨거운 욕조에 몸

을 담그셨다. 그러던 어느 날 욕조에서 깜박 잠이 드셨다. 엄마가 일찍 발견해 일어나셨으니 망정이지 정말 큰일 날 뻔 했다. 그 후 별 이상 없이 여기까지 왔다. 그런데 이제 보니 아버지는 그날 이후로 감각이 전반적으로 둔해진 것이었다.

다른 분들의 얘기를 들어 보니, 아버지는 그날부터 자신의 감각이 달라졌음을 스스로 느꼈지만 드러내지도 못하고 답답한 시간을 오래 보내신 듯했다. 그 날렵하고 민첩하던 몸이 둔해진 것을 아무도 알아채지 못한 것이다.

아버지는 그 후 10여 년을 조금씩 더 불편하게 늙어 가셨다. 웃음으로 실수를 무마하시고 슬며시 어머니의 도움을 받아가며 마초남성에서 순한 남성으로 변해 갔다.

"난 네 엄마 없이 못 산다. 앙꼬 없는 찐빵이고, 끈 없는 팬츠다."

나이가 들면 자신의 불편함이나 고통을 많이 말한다고 생각하기 쉽지만, 아버지는 노화를 드러내기가 어려웠던 것이다.

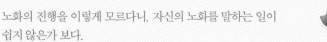
노화의 진행을 이렇게 모르다니. 자신의 노화를 말하는 일이 쉽지 않은가 보다.

고향 이야기

전쟁이 나자 젊은 아빠는 자원입대하면서 부인과 어린 딸을 지리산 마을에 데려다 놓았다. 이북서 직장을 따라 남하한 젊은 부부가 대전에 자리잡고 살림을 장만하기 시작할 무렵, 전쟁이 급박하게 돌아가면서 다시 집을 떠나게 된 것이다.

"여기는 괜찮을 거야. 곧 돌아올게."라며 남편이 떠난 뒤 얼마 안 있어 인민군이 들이닥쳤다. 누군가가 낯선 여인을 군인 가족이라고 알려줬는지, 인민군들이 총부리를 겨누며 젊은 엄마를 마루로 내몰아 앉혔다. 동네 사람들은 일찍 저녁밥을 해서 인민군들에게 한 상 차려 주고는 둘씩 셋씩 마당으로 모여들었다. 피난 온 낯선 이가 어떻게 되나 보려고 어른 아이 할 것 없이 구경하듯 앉아 있었다.

밤새 이어진 공개 심문

아직 어둠이 채 깔리지 않은 여름 초저녁, 엄마와 아이는 어리둥절하여 마루에 앉아 마구잡이 공개 심문에 대답하기 시작했다.

"남편은 어디 있나?"

"우릴 두고 떠난 뒤 어떻게 됐는지 모릅니다."

"이 동네 사람이 아니라던데 어디서 왔나?"

"대전에서 남편 직장 가까이 집 얻어 살다 피난 왔수다."

"남편이 직업 군인 아닌가?"

"공장에서 일하는 사람이외다."

"그럼 이 산동네엔 어떻게 왔나?"

"트럭 뒤켠을 얻어 타고 오다 내려 준 곳이오."

"남편한테는 연락 없나?"

"데리러 온다고 했지만 그걸 누가 알갔시오."

밤새 비슷한 질문이 계속되고 기운 없는 대답이 이어지자 호기심에 바싹 다가앉던 아이들이 하나 둘씩 자리를 떴고, 인민군도 피곤한지 총을 내려놓았다.

"아즈마이, 그러니까 그 이전에 살던 동네는 어디라 했수까?"

"황해도 수안이외다. 곡산이라 부르는 동네요."

"언제까지 여기 있을 거요?"

"모릅네다. 전쟁이 수그러들면 살던 데로 가야지요."

지루한 심문 속에 짧고도 긴 여름밤이 지나 동이 터오기 시작했다. 이젠 구경하던 사람들도 지쳐 일어나 돌아가고 인민군과 엄마만 남았다.

"아즈마이, 이제 됐시오. 이 동네를 떠나 살던 데로 가시라요. 나, 아즈마이 고향 사람이외다."

현장에서 총살당할 거라며 수군 대던 사람들의 말소리가 아직 귓가에 남아 있는데, 아무 일 없이 "아즈마이, 이제 됐다"는 소리를 들으니 꿈만 같았다. 밤새 보채지 않고 엄마 곁을 지킨 아이가 곯아 떨어져 자고 있었다.

천국 본향을 향하는 길목에

이제 90세가 된 혜경씨 엄마는 날마다 천국을 사모하며 찬송을 불렀다. 평생 하나님을 의지해 살아온 권사답게 '돌아갈 내 본향 하늘나라'라며 소망의 찬양을 했다. 그런데 몸이 쇠약해져 거동이 힘들어지면서 이북의 어린 시절 고향 얘기를 그림을 그리듯 펼쳐 놓았다.

"주일 아침, 예비 종을 치면 다들 교회 가느라고 바빴지. 하얀 무명옷을 지어 입고 서로 얘기를 하며 교회에 갈 때는 온 마을이 천국 같았어. 복음이 일찍 전해진 두메산골 사람들은 주일을 기다리며 사는 것 같았어."

"평양 신학교에서 여름성경학교를 하러 전도사들이 오면 우린 일주일 동안 꼬박 그분들만 따라다녔어."

이렇게 꿈꾸듯 계속 고향 이야기를 한 것이 엄마의 마지막이었다. 고향을 떠난 지 70년, 그 나그네 생활이 고향 이야기와 함께 끝이 난 것이다. 어린 시절 충분히 담아 놓은 행복한 기억으로, 어른이 되어 부닥친 길고 힘든 시간을 잘 지내온 것 같았다.

마지막이 가까운 엄마는 아이가 엄마를 그리워하는 것처럼 고향을 그리며 말했다. 통일이 되면 꼭 가봐야 할 그곳.

아버지의 '크리스마스카드'

아버지는 12월에 들어서면 크리스마스카드를 준비하기 시작하신다. 여러 남매가 출가해서 아이를 둘씩 가지니 가족이 곧 20명이 되었다. 멀리 외국으로 떨어져 사는 아이들이 제때에 카드를 받게 하려면 12월 첫날부터 구상을 해야 했다. 최근에 찍은 사진 중 좋은 걸 골라 각 집에 보낼 것을 복사하고, 사진 설명을 붙이고, 카드를 고르고, 성탄의 기쁨을 나눌 문장을 만들고, 주소가 다들 맞는지 확인하는 등 아버지는 무척 분주해지신다.

우리는 아버지의 카드가 도착하면 크리스마스 시즌을 느끼기 시작했다. "사랑하는 셋째 딸에게"로 시작되는 아버지의 힘 있는 글자를 보노라면 그 사랑이 가슴 속으로 깊이 타고 내려갔다. "범사에 감사하라"는 말씀을 좋아하는 아버지는 한 해를 잘 마쳤다는 감사에 늘 감격스러워 하셨다. 한자와 영어 단어를 섞어 정확하게 이해하도록 하려는 자상함이 담긴 글과, 두툼한 손으로 눌러 써 볼펜 자국이 배어나온 글자들에는 아버지의 진심이 담겨 있었다. 거기에 끼워 보낸 사진에는 자세한 설명을 따로 붙여서, 접었다 폈다 하게 만들었다. 손자들 앞으로는 호주의 색채를 띤 코알라, 캥거루, 웜뱃, 수상 스키를 타고 오는 산타 할아버지의 카드를 잘도 골라 보내셨다. 우린 아버지의 카드 보내는 솜씨를 보며 "대단하시네. 여전하시네."라며 부모님의 건재함을 확인하곤 했다.

그런데 어느 해부턴가 철자법이 틀리신다 싶더니 엄마가 얘기를 꺼내셨다.

"이제 아버지 카드 보내는 거 그만 하시라고 해야겠다. 카드 한 바퀴 돌리시려면 너무 수고를 많이 하신다. 카드 쓰기 전에 초안 잡느라 한나절, 카드에 연필로 줄 그어 정서하고 나서 줄 지우느라 애쓰고, 외국 주소 바르게 쓰는 과정 하나하나가 힘들어 보인다."

'아, 아버지는 설계를 하시던 분이라 그렇게까지 철저하게 준비하셨구나. 그래서 카드가 더 보기 좋았구나.'

몇 해 전부터 우리는 아버지의 카드를 받지 못했다. 아버지의 사랑을 받는 데 익숙한 우리는 언제든 때가 되면 아버지로부터 카드와 작은 선물이 올 줄 알았나 보다. 아버지의 카드가 안 오는 즈음부터 비슷한 카드도 보기 힘들었다. 정감 있는 말을 꾹꾹 눌러 쓴 카드를….

올해는 내가 아버지처럼 몇 장 준비해야겠다. 최근에 어려움을 겪고 있
는 분들, 따스한 크리스마스카드를 그리워할 분들에게 몇 자 적어 보내야
겠다.

노화를 받아들이며 하나씩 내려놓아야 하는 마음을 생각해본다.

영화 같던 어느 가을 저녁

작은애까지 대학에 들어가니 한 짐을 내려놓은 마음이었다.

"이번 생일엔 좀 좋은 데 가서 식사합시다."

흔쾌히 응하는 남편과 함께 북한강이 보이는 레스토랑을 찾아 모처럼 분위기를 누렸다. 마침 해가 지며 어두워지는 가을 저녁, 좀 이른 시간인지 한가한 덕분에 애피타이저가 서비스로 제공됐다. 잉크를 풀어 놓은 듯 저녁 색이 짙어지는 창가, 모차르트 클라리넷 협주곡 622번이 나오고 있었다.

"마치 영화의 한 장면 같지 않아?"

애들 얘기, 인생 얘기를 해가며 긴 저녁식사를 했다.

"이제 일어나야지."

늦은 10월의 밤, 시내를 벗어난 교외는 캄캄하고 차가웠다.

"전화 오네."

"아버지가 입원이요?"

정신을 가다듬어 보지만 혜경 씨의 가슴은 콩콩 뛰었다. 그러니까 두 달 후면 아버지는 90세, 그동안 감사하게 잘 살아오신 거다. 국제전화로 입원 소식이 온 건 예삿일이 아닐 테고.

"바로 가 봐야 할 거 같아."

낮은 목소리로 말하며 차를 탔다.

'영화처럼 생일파티를 마치자마자 이런 일이 벌어지다니.' 머리를 한 대 얻어맞은 듯 멍했다. 이런 날이 올 줄 몰랐던가? 혜경 씨는 아버지한테 달려가는 10시간의 비행 중에 잠이 오지 않았다. 처음으로 정리해 보는 아버지….

내 생명의 고향인 아버지. 내가 가진 것의 주소인 아버지. 아버지는 특별한 사랑으로 내 삶이 밑바닥을 치는 순간에도 계속 걸어갈 힘을 주셨어요. 학교를 낙방해 주저앉았을 때 "네가 원하는 건 무엇이든 밀어 줄 테니 쭈그러들지만 말아라" 하시던 말씀은 내 인생에 잊을 수 없는 대목입니다. 그런 믿음 속에 나는 다시 일어났고, 별로 내놓을 것 없는 모습인데도 아버지는 늘 좋아해 주셨지요.

어릴 때 놀다가 씻지 않고 잠든 날, 대야에 따뜻한 물을 가져다 손을 담가 주시고 손톱과 거스러미도 안 아프게 잘라 주셨어요. 잠결에 참 좋았지요. 20대 어느 겨울밤엔 발이 꽁꽁 얼어 늦게 돌아와 뒤척이며 잤는데,

새벽에 아버지가 따스한 물수건으로 발을 보듬고 계셨어요. 아버지는 내가 아픈 걸 어떻게 알았는지….

우리들이 쑥덕거리며 남의 말 하는 걸 보면 함께 자리하지 않고 왔다 갔다 하며 "건설적인 말들을 해라. 건설적인 말" 그러셨지요.

아버지! 잃고 싶지 않은 나의 든든한 담입니다. 전화 통화할 때면 "참 재미있구나, 네 얘기" 하시다가 나중엔 "하나님 은혜가 감사하다"고 울먹이셨습니다.

병원에 도착하니 아버지는 벌써 눈 뜰 힘마저 없으셨다. 모든 얘기에 "응"이라고만 하시더니 일주일 되는 날 숨을 멈추셨다.

"아버지, 아버지, 정말 고마웠어요."

그날 이후 혜경 씨는 생일이 되면 아버지의 마지막을 떠올린다.

또 가을이고 생일이 온다. 벌써 몇 해가 갔어도 그날의 기억은 시린 느낌으로 남아 있다. 영화에서 너무 아름다운 광경이 이어지면 곧 큰 일이 일어날 것을 예견하듯이….

아버지, 나의 사랑 아버지 안녕히 가세요.
그동안 많이 고마웠어요.

엄마를 떠나보내면서

황해도 수안군 천곡면 대정리 두대동

엄마는 '두지터'라는 별명을 가진 두메산골 마을에서 8남매 중 다섯째로 태어났다. 딸들 이름에 보배 '보' 자를 쓰고 있었는데, 엄마 이름에는 도울 '보'가 들어가 그것을 하나님의 섭리로 여기며 평생 남편 돕는 일을 사명으로 여기고 살아왔다.

신앙 따라 숭의여학교로

고향인 황해도 수안은 금광이 있는 산골 농촌마을로, 기독교가 일찍 전파되어 여름마다 평양신학교 전도사들이 성경학교를 열기 위해 오는 곳이었다. 열다섯 살에 엄마는 그분들의 연락처를 손에 쥐고 평양 유학을 위해 기차에 오른다. 숭의여학교 생활은 천국

같이 아름답고 질서가 있었다. 푸른 잔디 위의 선교사 집들, 넓은 빨래터에서 후배들이 선배의 옷까지 빨아 주던 기억, 기숙사 사감의 엄위하고 자상한 돌봄 얘기는 생생한 그림이었다.

엄마는 산파 공부를 하며 기숙사에 머물다 학교가 신사참배를 거부하면서 자진 폐교하여 평양 하숙집으로 옮겨간다. 장대현교회 성가대에서 봉사하며 신랑을 찾다가 하숙집 주인의 소개로 일본서 귀국한 신식청년을 만나 결혼에 이른다.

아버지와 62년간 해로하며 2남 4녀를 낳아 기르면서 엄마는 '책임감'과 '인내'로 혼란의 시대에 자리를 지켰다. 뿐만 아니라 고향서 남하한 형제자매들의 가족까지 근처에 모아 그야말로 대가족의 중추 역할을 해 온 외유내강의 여인으로 살았던 것이다.

믿음과 적극적 수고로 이룬 이민생활

1986년 10월, 언어와 문화가 다른 호주에 환갑을 넘긴 나이로 이민 가 후회하는 말 한 번 없이 30년을 살아온 것은 "내 주 예수 계신 곳이 그 어디나 하늘나라"라는 신앙과 어떤 환경에 처하든 적극적으로 임하는 자세가 바탕이 되었기 때문이리라. 엄마는 특히 '배움'에 대한 욕구가 커서 90세까지 성경과 함께 영어 동화책을 손에서 놓지 않았다. 그것이 이민 온 사람의 예의라고도 했다.

엄마는 '아름다움'을 추구하는 생활 자세로 몸단장을 게을리 하지 않았고, 마지막까지 스스로 화장실 출입을 하고 몸을 깨끗이 하고 싶어 했다.

그리고 이를 위해 노력하고 기도하여 실제로 그 소원을 이루었다.

회개로 마무리 된 인생

　　　　　　　　일제 암흑기에 태어나 북에서 남으로 이주하고, 전쟁을 겪으며 고향 부모와 단절되고, 여섯 자녀를 낳아 기르며 어려운 시대를 지내 온 엄마의 삶은 호주에서 해피엔딩을 맞는다. 큰소리 한번 제대로 쳐 본 일 없는 연약한 여인, 변화가 컸던 형편 속에서도 우리 형제들이 어린 시절을 'home sweet home'으로 기억하게 해준 것은 엄마의 찬송과 노래가 있었기 때문이다.

"옛날에 금잔디 동산에"

"꿈속에 그려라. 그리운 고향"

"예수가 거느리시니 즐겁고 평안 하구나"

"내 주 예수 모신 곳이 그 어디나 하늘나라"

엄마가 아직 힘이 있던 그 주간에 오빠는 우리 가족 그룹 채팅방에 문자를 띄웠다.

"엄마가 지난 저녁 내내 회개만 하셨다."

그걸 보고 깨달았다. 하나님이 자기 사람을 정결해진 상태로 데려가시길 원하신다는 것을. 그리고 더 이상 말할 힘이 없어지자 손가락으로 '주님'이라고 썼다. 주님 붙잡고 살라는 유언이 된 것이다. 미리 마음으로 대비하고 감사하며 받아들이기로 마음먹었지만 가슴이 멍한 것은 엄마를 떠나는 자녀의 두려움이었다.

아프가니스탄 격언에 "노인이 한 명 세상을 떠나는 것은 박물관 하나가 사라지는 것"이라고 했듯이, 일제 치하에 태어나 전쟁과 정변을 겪으며 신앙을 이어 간 엄마의 스토리는 이렇게 문을 닫았다.

엄마의 인생을 마지막에야 이렇게 돌아볼 수 있다니…
엄마가 아닌 인격체로서 일찍 보았더라면 하는 아쉬움이 있다.

가족 수련회

가족 행사로 거의 2년마다 만나는 형제들은 먼저 서로의 얼굴과 몸을 살폈다. 몇 해 전 둘째 언니를 경황없이 떠나보낸 후로는 너무 갑자기 달라지지 않은 모습을 서로 확인하는 게 "잘 지냈어?"라고 묻는 말보다 빠르기 때문이다. 그것도 잠시, "우린 왜 이렇게 눈이 처졌니? 다 같이 쌍꺼풀하러 가야겠다. 피부도 한번 손봐야지" 하며 같은 취약 부분을 지적하기 시작한다.

조카의 결혼식이 서양식으로 치러져 낯설고 긴장되던 순서가 끝나고 자연스레 가족 수련회 분위기가 만들어졌다. 한 이틀은 엄마가 좋아하는 녹두 빈대떡과 만두를 하고 김치를 담그느라 잔칫집답게 술렁거렸다. 언니가 겁내지 않고 큰일들을 척척 시작하면 다들 따라다니며 치다꺼리를 했다. 그러다 선선해진 밤이면 커다란 욕조에 물을 받아 세 자매가 들어 않았다. 물을 아끼자고 낸 아이디어였는데, 따스한 전기난로까지 있으니 시간 가는 줄 모르고 시시덕거린다.

아침 시간 커피향이 집 안에 퍼지면 엄마를 중심으로 긴 식탁에 차례로 앉았다. 매일 한 명씩 돌아가는 식사기도 시간, 각자의 삶이 녹아 있어 아침부터 눈물을 짜내고야 만다. 그러다 클래식을 좋아하는 오빠가 온 집 안을 울릴 만큼 음악을 틀어놓으면 '어느 소프라노 성악가의 소리인지, 제목이 뭔지' 하며 그리로 집중을 한다. 오늘은 쇼핑 팀과 엄마 말동무 팀으로 나눠 저녁 전까지 시간을 가질 계획이다. 지난해까지만 해도 엄마가 어디든 함께 다녔는데 이젠 약해진 엄마를 위해 따로 팀을 나눠야 했다. 저녁엔 이웃 손님들이 와서 마치 오래된 친구들처럼 이야기보따리를 끝없이 풀었다. 오랜 이민생활의 외로움과 고국에 대한 향수를 이렇게들 풀고 있었다.

"내일은 정원수 심는 날이다. '잉글리시 박스'를 사다 놨으니 정원 가장자리에 돌아가며 심는 거야."

다음 날, 마당일이라곤 해 본 적이 거의 없는 우리에게 목장갑을 하나씩 나눠 주더니 삽과 호미, 작은 곡괭이를 갖다 안겼다.

"구덩이를 알맞게 파고 줄기 몇 가닥씩을 심어."

처음 해 보는 일에다 비까지 안 오는 지역이라 딱딱한 땅에 구덩이를 파는 일이 쉽지 않았다. 엄마는 마당에 있는 의자에 앉아 "그 판 흙을 정원수 담았던 화분에 채워라. 흙을 한꺼번에 버리려면 힘드니까 그렇게 해서 나르기 좋게 말이야'라고 노련한 훈수를 두셨다. 그건 정말 좋은 아이디 어였다. 그 한 마디로 흙정리까지 깔끔하게 일을 마쳤다. 커다란 목욕탕 청소가 쉽지 않았지만 그렇다고 저녁에 뜨거운 욕조에 들어가는 일을 포기할 순 없었다.

신혼여행에서 신랑신부가 돌아오면 사돈댁을 초대하기로 해 대청소가 시작됐다. 집안 정돈과 환경 미화로 일대 소동이 일어났다. 식탁보와 소파 커버를 바꾸고 많은 사진틀 액자를 정리하느라 없애기도 하고 사오기도 하면서 각기 다른 안목을 맞추느라 힘을 다 뺐다. 그런데 이렇게 여러 날을 지내다 보니 서로의 머리를 눈여겨보게 되고, 결국 염색을 하기로 했다. 손이 야문 동생이 돌아가며 머리를 만져 다 같이 갈색 머리가 되었다. 예외는 없다.

문득 몇 년 전 집단 상담을 하다가 그만 중간에 나와 버린 사건이 생각 났다. 내 귀에 거슬리게 말하던 사람을 계속 봐줄 수가 없어 들이받고 나와 버린 것이다. 어려서 온순하게 내 주장 한 번 제대로 못하고 살아오다 중년이 되어 새롭게 나타난 모습이다. 그 후 단체 속에서 획일적으로 살아가는 게 나에겐 쉽지 않은 일임을 깨달았다. 옛 가족을 만나 서로 무언가 유익을 주기 위해 애쓰는 모습들, 그래서 이렇게 만난 가족 모임을 '가족 수련회'라고 이름 지었나 보다.

느닷없이 불쑥 나와 감추기 힘든 약점, 그것이 다스려져야 할 때
얼마나 쓰고 역한가. 차라리 가정에서 훈련받는 게
나을 수도 있다.

오빠 생각 (1) - 좋은 기억

혜경 씨는 오빠 얘기를 많이 하는 사람이다. 바로 위의 오빠 둘과 가깝게 자랐으니 많은 일들이 오빠들과 함께 혜경 씨의 삶에 녹아 있음은 당연하지 않겠는가. 6년 가까이 차이가 나는 오빠들은 혜경 씨에겐 늘 큰 존재였다.

혜경 씨가 중학생이 되자 오빠는 교과서에 나오는 영어회화를 외우도록 상대역을 해주고, 발음도 자연스럽게 들려 주었다. 과외공부를 가르칠 때면 혜경 씨도 넣어 주어 수학과 과학을 앞서 알아가게 해 주었다

지금도 오(O)산, 하(H)수, 엔(N)질소, 염소(Cl), 불소(F)라고 원소기호를 노래하는 혜경 씨는 30년 전 기억을 얼마 전 본 얘기처럼 잘도 말한다.

"작은오빠는 그즈음 신앙이 좋아 새벽기도를 갈 때면 15분 되는 교회까지 함께 뛰어가곤 했어."

"그때의 예배는 기억이 잘 안 나지만 찬 공기를 마시며 오가던 길, 가르쳐 준 영어 복음송은 지금도 부를 수 있지."

"I'm happy today. I'm happy today. In Jesus Christ, I'm happy today. He's taken all my sins away. And that's why I'm happy today."

하나를 익히고 나면 조금 더 어려운 문장으로 된 노래를 가르쳐 주었다.

"I know the Lord will make a way for me. I know the Lord will make a way for me. If I look to Him and pray darkest night will turn to day. I know the Lord will make a way for me."

당시 혜경 씨 가정은 경제적으로 매우 어려운 상황이어서 방 하나에 마루가 딸린 집이었지만 친구들은 그 속사정을 잘 알지 못했다. 하긴 그때 가계에 보탬이 되려고 혜경 씨 엄마는 책상보에 수를 놓는 일이나 플라스틱 조립하는 부업을 집에 가져오시곤 했는데, 혜경 씨는 밤에 그런 일을 하면서도 다 같이 열심히 돕는 게 그저 좋기만 했다. 또 그 덕분에 지금도 바느질은 어느 정도 할 수 있다.

오빠는 형이상학에 대한 개념을 형이하학과 비교해 설명했는데, 그것은 혜경 씨의 인생에 큰 줄을 그어 주었다. 사춘기에 철학적인 사고를 하게 했고, 많은 한국 단편소설과 고전을 읽도록 안내했다. 어려운 현실을 넘어 그 이상의 생각을 하게 해 준 오빠는 대학교에서 합창이나 뮤지컬 공연이 있을 때면 혜경 씨를 데려가 다양한 문화도 접하게 해 주었다.

이런 기회를 가지며 혜경 씨는 중학생으로서 이런저런 꿈을 꿀 수 있었다.

　오빠와 동생의 출생 순위는 태어날 때 정해져 평생 가는, 정말 특별한 만남이다. 몇 년 차이의 오빠가 배운 것을 동생에게 전수하고, 동생은 훌륭해 보이는 오빠의 가르침을 그대로 흡수했다. 그렇다면 혜경 씨의 오빠는 정말로 특별했을까? 오빠 생각을 하는 혜경 씨가 추억을 미화하고 있는 건 아닐까?

　많은 세월이 지난 요즘, 혜경 씨는 오빠 동생으로 살던 그 시절과 같은 자신의 아이들을 보며 생각한다.

　'우리 아이들도 이런 기억을 가지게 되겠지….'

"네 장미가 그토록 소중한 건 그 꽃에 네가 바친 시간 때문이야. 그리고 그 별은 여러 별들 중의 하나가 되는 거지."〈어린왕자〉에서)

오빠 생각 (2) - 그때 힘들었어요

혜경 씨가 기억하는 오빠 얘기는 재미있기도 하고 이상하기도 하다. 오빠에 대한 좋은 기억에 이어 안 좋은 추억을 들어본다.

어릴 때 오빠들은 서로 장난을 치다가 싸움으로 번진 적이 많았다. 레슬링을 하며 사고를 치기도 했는데 그때마다 목격자는 혜경 씨였다.

그날도 오빠들은 붙들고 싸우다가 옷장의 유리를 깨뜨렸다. 순간 오빠들은 "내가 옆의 서랍을 열고 가위를 꺼내려는데 형이 옷장을 확 열어 유리가 깨졌다"는 시나리오를 만들었다. 엄마한테 혼날까봐 즉흥적으로 거짓말을 짠 것이다. 이때 목격자 혜경 씨는 아직 학교도 들어가기 전이었다.

두 번째 사건은 요술을 하다 일어났다. 아버지가 종이를 태워 재 속에서 지폐가 나오게 하는 요술을 보여준 것을 오빠가 재연을 했다. 그때 지폐가 나오긴 했는데 1/4이 타버렸다. 아까운 나머지 오빠는 혜경 씨에게 센베이 과자를 사오라고 시켰다. 검게 탄 부분을 안 보이게 접어주는 것도 잊지 않았다. 혜경 씨는 그 돈으로 과자 가게에 가서 과자 한 봉투를 받아 왔다.

"아줌마, 돈은 여기 통에 넣을 게요, 백 원이에요."

다음 날부터 혜경 씨는 그 가게 앞을 지나다니지 못하고 돌아다녔다. 그런데 며칠 후 멀리서 가게 주인이 혜경 씨를 부르는 것이었다.

"얘, 우린 돈을 다 퍼서 받는데 그날 너만 이 바구니에 직접 넣었더라고."

말없이 돈을 받아온 혜경 씨는 엄마한테 말하지 않을 수 없었다. 그때의 어색하고 무안한 분위기란…. 혜경 씨는 죄송하단 말까지 해야 하는 심부름을 하며 울고만 싶었다.

나보다 강한 오빠의 장난을 물리치기 힘든 소녀, 철저히 관찰자로 살아야 하는 내성적인 여동생의 혼란을 엄마가 알았더라면 혜경 씨는 그 시절을 지내기가 훨씬 나았을 것이다.

이런 일도 있었다. 교회에서 가족찬양대회를 하는데, 어른 찬송가에서 고르고 있었다. 혜경 씨는 자신이 아는 곡으로 하자고 말했지만 아무도 듣지 않았다. 오빠들 주장에 따라 생소한 곡으로 정하고 연습을 시작했다. 그 곡은 너무 어려워서 심통만 났다.

"난 안 할 거야."

"그래 하기 싫으면 넌 빠져."

오빠들의 퉁명스런 말투에 혜경 씨는 더 이상 할 수도 없게 되었다. 그 주일 저녁 혼자 집에 쓸쓸히 남아 있어야 하던 생각이 난다.

요즘 교회에서 가족찬양대회에 나온 가족들을 보면 어린아이들 위주로 어른 모두가 율동을 하며 그 눈높이에 맞춰 노래하는데, 그때 우리 집은 왜 그랬을까? 참 이상도 하다!

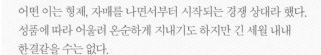

어떤 이는 형제, 자매를 나면서부터 시작되는 경쟁 상대라 했다.
성품에 따라 어울려 온순하게 지내기도 하지만 긴 세월 내내
한결같을 수는 없다.

오빠와 수박

혜경 씨 오빠는 긴 곱슬머리에 기타를 잘 치고 노래도 잘하는 대학생이었다. 컴퓨터 전공자로 유머러스하며 이야기를 잘해 고등부 교사로 인기가 최고였다. 혜경 씨는 예쁘게 포장한 선물을 주는 교회 언니들이 오빠를 좋아하는 여학생인 줄 알면서도 모르는 척 그들의 친절함을 누리고 살았다. 오빠는 군대 방위를 거쳐 직장을 다니면서도 혜경 씨에겐 늘 인생 과외 선생님처럼 책 이야기나 삶의 얘기를 해주곤 했다.

사라진 수박의 흔적

　　　　　세월이 흘러 오빠도 혜경 씨도 결혼하고 아이들도 생겼다. 혜경 씨가 이사를 했다는 소식에 오빠는 다섯 살 된 아들을 데리고 왔다. 그런데 집에 온 사람들의 얼굴이 안 좋아 보였다.

"성우야, 먹을 것 좀 줄까?"

그러자 조카가 울먹이며

"수박 먹으려고 큰 걸로 샀는
데 아빠가 깨뜨렸어."

"응?"

"계단 올라오는데 아빠가 넘어져서 수박이 다 깨졌어."

오빠는 안경을 고쳐 쓰며 머쓱해했다.

"아빠 안경도 벗겨져서 깨질 뻔 했어."

그제야 오빠 얼굴을 살펴보니 벌건 자국이 있고 안경테도 휘어져 있
었다.

"오빠, 어떻게 된 거야?"

조카는 여전히 수박 이야기를 하며 울먹였다.

"큰 수박 아빠가 다 깨뜨렸어."

혜경 씨는 그날 정말 놀랐다. 늘 뭐든지 잘하는 어른 오빠가 수박을 깨
다니…. 나중에 배웅을 하며 아래 층 계단을 보니 아직도 수박물이 홍건
히 벌겋게 남아 있었다. 그 깨진 수박 조각을 다 어떻게 치웠을까. 애 앞에
서 넘어지고 쩔쩔매며 애썼을 모습이 우습기도 하고 안쓰럽기도 했다.

보통 사람, 우리 오빠

혜경 씨가 전세금과 얼마를 합쳐 자그마한 아파
트를 살 만큼 되었을 때다. 부모님은 이민 가시고 딱히 누구와 의논할 수

도 없어 오빠한테 물었다. 그 당시 목동에 아파트를 지어 처음 분양을 하고 있었다.

"오빠, 목동 어떨까?"

"목동은 하지 마라. 거긴 물이 차는 동네라서 언제라도 문제가 생긴다."

오빠 말을 들은 혜경 씨는 목동의 아파트는 쳐다보지도 않았다. 그 후 목동은 상상할 수도 없는 좋은 동네로 변해 갔다.

몇 살 위인 오빠는 언제나 큰사람으로 무엇이든 잘 아는 사람인 줄 알았는데…. 이후 보통 사람으로 나이 들어가는 모습을 보며 혜경 씨는 그 이상화되어 있던 오빠 모습을 차츰 내려놓았다. 그러나 요즘도 혜경 씨는 오빠 얘기를 할 때면 입가에 미소가 번진다.

오빠가 대신 말해줬다.

"넌 누구보다 책임과 절제로 가정에 힘을 준 아이였다"고,

'기특한 애'였다고. 오빠는 내가 듣고 싶었던 말을 다 해주었다.

모범생 장남 이야기

혜경 씨 오빠는 두 명의 누나를 두고 태어난 귀한 장남이다. 어머니의 자랑스러운 아들이던 장남은 학창시절 언제나 일등을 놓치지 않았다. 베이비붐세대의 수많은 학생들 속에서 중학교부터 대학교까지 일류학교에 척척 합격했다. 시력이 안 좋아 군대까지 면제된 오빠는 대학 졸업 후, 바로 취직해 또래보다 빨리 사회인으로 자리잡아 어머니의 버팀목이 되었다. 결혼도 일찍 해서 아이들을 키우며 앞선 인생을 살아온 모범생 장남이었다.

그런데 중년기가 될 무렵, 그에게 인생이 지루하게 느껴지기 시작했다. 아이들은 별 탈 없이 학교를 다니고, 부부는 각자의 세계에서 자신의 위치를 순탄히 잡아가고 있었다. 모든 것이 톱니바퀴처럼 앞뒤가 잘 맞아서 안정적인 삶이 무료해진 걸까?

그리고 보니 혜경 씨 오빠는 사춘기도 겪지 않고 일탈에 빠져 본 적도 없이 달려왔다. 살짝 지나가는 바람은 있었지만 추억할 만한 사건은 없었다. 아마도 이것은 오빠에겐 쓸쓸한 기억일 것이다. 70년대 대학생들의 유신 반대 등 혹독한 데모논쟁에도 기웃거려 볼 틈 없이 살았고, 군대도 다녀오지 않아 사람들과 어울려 얘기할 거리도 없었다. 학창시절 경제적으로 빠듯하게 살다 보니 친구들과 놀러 간 적도 없고 술집에서 흥건히 취해 보지도 않았다. 그렇다고 교회생활에 빠져 지낸 것도 아니고….

오로지 아르바이트로 학생들을 가르치며 틈날 때 도서관에서 공부한 게 전부였다. 어머니는 이런 장남이 귀하고 귀했다. '우리 장남, 우리 아들 최고'라는 자부심이 그득했다. 그런 장남이 중년이 되며 뒤늦게 사춘기처럼 위태로운 고뇌에 빠지게 된 것이다.

'나만의 세계를 갖고 싶어.'

클래식 음악, 골프, 사진에 몰두하며 여가를 즐기기 시작할 즈음, 모범생 안에 숨어 있던 자유를 갈망하는 예술혼이 밀물처럼 올라왔다. 좀더 일찍 가졌어야 할 이기적이고 이중적이며 자기중심적 삶이 뒤늦게 시작된 것이다.

이런 경우엔 과거에 공부에만 전념했듯이 취미에도 몰두하여 자기 세계 외의 것은 귀찮아하거나 무심한 모습을 보이게 된다. 옆에서 아내는 어머니처럼 바라보며 기다려야 했고, 아이들은 너그러운 아빠를 그리워하며 성장하고 있었다. 그렇게 십 년 동안 가족은 단란함을 못 갖고 쓸쓸함을 느껴야 했다. 이처럼 '자기'에 갇혀 지내는 사이, 오십 대를 훌쩍 넘긴 어느 날, 혜경 씨 오빠는 지나간 세월 앞에서 혼잣말을 하고 있었다.

"나는 왜 이렇게 살았지?"

어느 새 아이들은 저만치 가고 있었고, 아내는 생기 없는 얼굴로 변해 있었다. 그제야 두 팔을 벌려 모두를 안아보려 했지만 다들 머쓱해하기만 했다.

오빠는 혜경 씨에게 말했다.

"나는 인생을 잘못 살아온 거 같아. 왜 그랬을까? 이제라도 좀 잘 살아보고 싶어."

긴 얘기를 추상적인 한 마디로 던진 오빠에게 혜경 씨는 대답했다.

"오빠는 사춘기에 겪어야 할 방황과 고뇌를 모범생 장남으로만 채운 거야. 중년사춘기로 진하게 지냈다고나 할까? 사람이 살아가며 그 시절에 맞게 발달과제를 이행하지 못하면 퇴행을 해서라도 구멍 난 부분을 메우게 되는 법이니까."

10여 년의 세월을 자신도 걷잡을 수 없는 이기심에 잡혀 살다가 비로소 객관적 생각을 하게 된 모범생 오빠, 이젠 나이와 균형을 맞추어 나가려나….

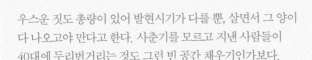
우스운 짓도 총량이 있어 발현시기가 다를 뿐, 살면서 그 양이 다 나오고야 만다고 한다. 사춘기를 모르고 지낸 사람들이 40대에 두리번거리는 것도 그런 빈 공간 채우기인가보다.

자녀들과
함께

자녀에게 쓰는 새해 편지

큰애야!

대학교를 졸업하며 커뮤니케이션 전공을 따라 기자를 해야 하나 싶었는데, 신학대학원을 가겠다고 해서 좀더 생각해보라고 붙잡던 때가 기억난다.

이제 거의 다 왔다. 앉아서 숙제하는 것보다 함께 어울려 사는 얘기를 나누길 좋아하는 네가 많은 과목의 신학대학원 과정을 마쳐 가는 게 감사할 뿐이다. 그동안 어려움이 많았지?

학생 사역에 열심을 내는 모습을 보며 격려해 주어야 하는데, 엄마는 기쁘면서도 공부에 지장이 가는 것 같아 늘 걱정의 말을 많이 했지.

이번에도 히브리어, 헬라어 시험과 과제물 마칠 때까지 마음 졸이며 연락도 못하다가 "다 했다"는 네 전화 받고 기분이 'up' 됐지. 주님이 시작하신 일이니 끝까지 잘 이끄실 테지만 올해는 새로운 교회에서 아이들과 다시 사귀고 사역을 시작해야 하니 얼마나 마음이 분주하겠어.

새 교회에 인사하러 가서 보니 예배 분위기가 잡혀 있지 않다고 했었지? 아이들이 스마트폰으로 찬양 가사를 보느라고 앞으로 집중이 안 되더라고…. 또 부족함이 없어 보이는 아이들 표정이라고. 이제 그 안에서 새롭게 가르쳐야 할 예배 자세와 성경말씀의 중요성, 그리고 주님과의 연결점을 함께 찾아가야 하겠구나.

이제 조금만 더 인내하며 공부하면 실컷 일할 수 있는 날이 온다. 그런 너와 어울려 행복하게 주님을 섬기며 살아갈 사람을 위해 기도하자. 맑은 마음으로 주님을 사랑하는 예쁜 이를 만나게 해 달라고.

　　　　　- 늘 우리에게 좋은 것으로 함께하시는 주님께 감사하며 엄마가.

사랑하는 딸아!

다시 새해 편지를 쓰게 되었구나.

늘 어리다는 생각에 이런저런 염려를 하며 살아왔는데, 이젠 사회인으로 몇 해째가 되니 더 이상 어린 나이로 인한 지나친 생각은 안 할란다. 엄마는 20대 중반까지 그리 성실하게 살지 못했는데, 너는 제 몫을 잘해 주어서 기특하고, 독립적으로 생활을 잘 관리하는 것 같아 참 감사하다. 지난번에 사랑니를 뽑았을 때, 시간을 줄이겠다고 전신마취를 하고 3개를 한꺼번에 처리하는 걸 보고 놀랐다. 보호자도 없이…. 그때 엄마는 늦은 시간까지 연락이 안 돼 여기서 몸살을 앓으며 조바심을 내고 있었는데…. 그래, 엄마는 곁에 없었지만 주님이 네 옆에 계셨지. 사랑니 발치가 20대에 해결해야 할 과제 중 하나니 시원하게 문 하나를 지나간 거다.

문 얘기를 하니까 사춘기 때의 네 시(poem)가 생각난다.

"인생(life)은 문을 통과해 가는 것

하나를 열고 가면 다른 문이 기다린다.

그 문을 지나면 또 다른 문, 이어지는 크고 작은 문들…

살아가며 얼마나 많은 문을 지나가야 하는 걸까."

엄마는 이 시를 발견하고 가슴이 시렸다. 열세 살 아이가 벌써 삶이 힘들어서 이런 시를 썼나, 아님 시험을 준비해 열심히 보고 나면 바로 다음 시험이 이어져 한 말일까.

살면서 우린 그때마다 필요한 과제를 하나씩 해나가고 또 하는 것이니 너무도 적절한 표현을 한 것이겠지. 지금 덧붙여 말하면 '해야 한다'는 책임에다 '할 수 있음에 감사하는 마음'을 더하면 그런 삶에 기쁨이 생긴다는 거야.

얼마 전 통화에서 '약속을 곧잘 바꾸는 친구'에 대한 얘길 나눴었지? 그때 엄마가 그런 상황을 분석하려 들자 너는 "너무 깊이 생각할 일이 아니라 그럴 때는 약속을 바꾸기 위해 겪어야 했을 친구의 마음을 헤아리는 거"라고 했지. 그리고 너의 그런 친구가 네가 힘들다고 하면 바로 네게로 와 줄 사람이라고도 했고. 엄마는 그 말을 들으며 너의 쿨(cool)함에 놀랐고, 평소에 왜 그런 비상시를 염두에 두고 사는지 생각하게 되더라. 아마 일찍 객지생활을 하다 보니 그런 변수(changeable situation)를 꼽고 살아왔구나 싶어 평안을 기도하게 되더라. 그리고 보니 어려운 날들이 많이 지나갔네.

새해, 이젠 '결혼'을 얘기해도 그리 어색한 나이가 아니다. 그 말은 남자친구를 가볍게 만날 수 없다는 말이야. 주의 인도하심에 우리가 잘 맞춰 가도록 지혜를 구하자. 어떤 엄마도 딸의 사윗감에 만족하기가 쉽지 않다는데, 그것도 기도해야지. 기쁘게 만나게 해 달라고. 새해니까 엄마가 몇 가지를 정리해서 말할게.

＊너의 몸은 하나님이 계시는 귀한 몸이니 건강하고 아름답게 유지해라.

＊일할 수 있음에 감사하며 앉아만 있지 말고 많이 움직이며 일하도록.

＊교회에서 봉사할 일을 찾아 봐야겠지.

참, 지난 아빠 생일에 '날아온 케이크'에 놀랐다. 필요할 때마다 예상치 못한 선물로 작은 감동을 주는 딸, 고맙다.

- 올해도 주님 안에서 승리하는 한 해가 되기를 기도하며 엄마가.

이별은 작은 죽음을 겪게 한다. 공항서 많은 이별을 하며 울고 참고 기도하고 그러다 만날 땐 흥분하고 긴장하고 또 기도한다. 면역 없는 아픔.

사랑하는 아들딸에게

엄마의 첫 열매 동민아!

이 글을 볼 때는 겨울특강을 들으며 밀린 일들을 처리하느라 애쓰고 있겠구나.

지난 11월, 12월에는 히브리어 공부하느라 바쁜 모습이 보기 좋았어. 공부하며 교회를 섬기는 일이 힘들겠지만 어쩜 평생 그렇게 살아야 하는 건지도 모른단다.

지난번 도둑 들었을 때 몸 상하지 않은 것을 감사하며 가까스로 마음을 추슬렀는데, 이어서 자동차에 문제가 생겼으니 또 얼마나 당황스러웠겠어. 바쁜 연말연시에 오갈 데도 많았을 텐데….

중요한 건 삶의 자세다. 유비무환(有備無患)이란 말이 있어. 미리 준비하면 걱정할 게 없다는 뜻이지. 우리가 생각지 못한 일이 벌어지기도 하지만, 평소에 주변 관리를 잘하면 사고를 예방할 수도 있다는 의미야. 살피는 일이 좀 귀찮은 거 같지만, 큰일이 생기면 몇 배로 복잡해지니까 미리 준비하고 관리하는 편이 나은 거지.

몸 관리는 음식 조절, 운동, 수면 시간 모두를 포함한다. 거기에 자동차 점검, 금전 관리, 시간과 에너지 분배까지 스스로 해 나가기가 쉽지는 않겠지만 새해엔 특별히 노력해 보아라. 하나님 일을 잘하기 위해서는 이런 기본이 되어 있어야 하니까.

한편으론 욥기 말씀을 보면서 연약한 인생길에서 만나는 시련도 우리에게 유익이 될 거라고 말하고 싶다. 힘든 욥기가 빨리 지나가길 바라면서 하는 말이야.

자동차 문제로 여러 생각을 하다가 그 차로 몇 년 동안 좋은 일도 많이 했고, 그러면서 신학대학원 갈 마음도 먹었다는 기억이 나더라. 감사한 일이지. 털고 일어나자. 민이 네가 어린 나이에 엄마 아빠를 멀리 떨어져서 이만큼 큰 게 대견하고 감사할 뿐이다. 민아, 늘 움직이며, 생각하며, 기도하며 살자.

- 사랑하는 엄마가

엄마의 한 조각 지혜야!

어려서부터 엄마의 위로가 되던 우리 딸, 아빠가 아직 공부하던 시절, 엄마의 고단함을 녹여주며 기대 이상의 모습으로 위로를 주곤 했지. 그러다 사춘기를 맞아 엄마 마음을 춥게 만들었던 거 알아? 그게 언제까지였더라, 길게는 10년, 짧게는 3년 쯤? 이젠 사회인으로 잘 살아가고 있어 흐뭇한 마음으로 새해 메시지를 보낸다.

우린 매일 매일 새로운 걸 깨닫고 조금씩 나무처럼 성장해 가야 한다. 그러기 위해 좋은 말씀을 듣고 생각하며 바꿔야 할 것을 바꿔 나가는 거야. 사람을 보면서 나를 비춰 보고, 삶의 큰 그림을 그려야겠지. 일이 많아도 좋은 책을 봐야 하는데, 『너무 바빠서 기도합니다』라는 책을 추천한다. 바쁠수록 기도해야 한다는 메시지야.

엄마가 보내는 감사수첩에는 매일의 감사한 일들을 적으며 하루를 마감하는 게 어떻겠니? 감사할 게 많은 우리인데 가볍게 여기고 지나가는 일이 없도록 말이야. 매일 감사를 생각하며 몇 달을 지내면 그게 삶의 스타일이 되어 우울한 사람도 기쁘고 감사하는 삶을 살게 된대.

올해는 건강을 위해 커피랑 간식을 줄이고 좋은 음식을 많이 먹어야 할 텐데 노력해 보렴.

좋은 사람들을 만나고 운동하면서 주님께 꼭 붙어 있어라.

- 사랑하는 엄마가

딸 아들과 얘기하는 게 최고의 기쁨이란 게 우습다.
마치 노년의 어미같이….
한국말로, 서로 같은 주제로 통함이 기뻐서다.

독립(?)한 아이들

결혼을 해서 분가한 것이 아니다. 단지 지리적으로 함께할 수 없어서 싱글로 각자 살림을 꾸려가는 아이들 이야기다.

학교를 다닐 때는 기숙사에서 공동생활을 하며 학교와 친구의 울타리가 있었지만 졸업을 하니 모든 게 달라졌다. 각자 일을 찾아 흩어지고 그곳에 남은 딸은 직장인이 되어 독립된 생활을 시작하게 된 것이다. 처음엔 월세도 줄이고 말동무도 할 생각으로 룸메이트를 구해 집을 얻었는데, 그게 생각했던 것처럼 그리 쉽지 않았다. 출퇴근 시간을 비롯해 생활양식이 다른 룸메이트와 한참을 부대끼더니 결국은 원룸에서 혼자 살겠다고 했다.

혜경 씨는 그러라고 했다. 이사를 하니 소파가 있어야 된다고 하고 청소기도 샀다는 얘길 들으면서 역시 '알아서 잘하는 애라고 생각했다. 아니, 이런저런 일로 가보지 못하니 그저 잘 지낼 거라는 믿음으로 살아온 셈이다.

3년 만에 딸집을 방문하며 혜경 씨는 자신이 한 번도 이런 생활을 한 적이 없음을 깨달았다. 딸은 의식주 모든 것을 혼자 해결해야 한다. 어디 물질적인 것뿐인가. 시간과 에너지, 정서적인 면 모두를 스스로 책임지고 조절해야 한다.

친구의 자취방 연상

문득 대학 다닐 때 자취하던 친구 생각이 났다. 자물쇠를 따고 작은 문을 열면 부엌을 거쳐 방이 있었다. 창문이 있는 작은 방에는 길게 지퍼가 달린 비키니 옷장과 책상 겸 밥상이 놓여 있고 성악을 하던 그 친구에게 중요한 반짝이 롱드레스가 두어 벌 길게 걸려 있었다. '이렇게도 사는구나' 하며 둘러보고 있는데 친구는 상 위에 놓인 것들을 치우며 "오늘은 여기서 밥을 먹고 가라"고 했다.

'밥은 어디서 나올까?' 어정쩡하게 앉아 널려진 신문과 악보, 책들을 집어 드는데, 친구는 냄비에 밥을 해서 밑반찬 두어 가지와 함께 들고 왔다. "김에 싸서 이렇게 먹는 거"라며. 밤에 혼자 안 무섭냐고 했더니 누가 찾아오는 게 더 무섭다고 했다. 이사하면 벽에 못을 박거나 짐 옮기는 걸 어떻게 하느냐고 물었더니 다 하는 수가 있다고 했다. 나중에 생각해 보니 '그래서 별 마음에도 없는 남학생들에게 호의적으로 대하며 관계를 유지했구나' 싶었다.

자유를 어떻게 채울까

목회하는 부모를 어려서부터 보아 온 아이들은 당장 필요한 것은 얘기할 수 있었지만 외로움 등의 정서적인 보살핌을 말하기는 쉽지 않았을 것이다. 부모가 다시 한국으로 들어오며 그곳에 남아 유학생 아닌 유학을 하느라 사춘기부터 떨어져 지내온 아이들을 이젠 다 컸다고 밀어 둘 수 있는 건지…. 혜경 씨는 고단한 딸이 베란다에 토마토와 고추를 심고 시중하는 걸 보며 '마음의 빈 공간을 이렇게 달래는구나' 하는 생각이 들어 말릴 수도 없었다.

젊음, 많은 것을 경험하려는 욕구, 자유를 안고 비슷하게 지내 온 어른들이 아니던가. 그런데도 아무것도 모르는 양 너무 빨리 결론에 가까운 말들을 해왔는지도 모른다. 감사하며 살아라. 늘 기도하며 주일 잘 지키고 건강하게.

잘 몰랐구나

와서 보니 통화나 메시지로 오간 말들은 일어나는 일 위주였고 사건 중심이었다. 출장, 성과급, 아파서 늦게 갔어, 낚시해서 매운탕 끓여, 공부하고 있어 등등. 그러나 삶은 나타나는 일 외에 그 속에 흐르는 마음이 있지 않은가. '외로움'이었다. '무엇을 위해 왜 혼자서 멀리 떨어져 이렇게 살아야 하나.' 그것을 20대 중반 젊은이가 스스로에게 질문을 던지기에는 현실은 무거웠다. 가족 모두 자신의 역할을 열심히 하고 있는 가운데 '외로움'이라는 단어를 입에 올리기가 쉽지 않았을 것이다. 혼자의 공간, 혼자의 시간.

　혜경 씨는 그런 것을 생각지 못한 엄마로서 마음에 미안함이 솟구쳤다. '많이 힘들었겠구나. 어떻게 해야 좋을지 몰라서 친구들 초대도 그렇게 많이 했었구나. 그러면서 인간관계에 대해서도 배웠겠구나. 그래도 엄마는 이 말밖에 할 게 없다. 주님 붙잡고 사는 길밖에 없다고….'

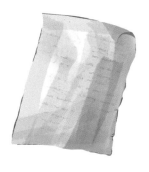

　아이가 언제부터 혼자를 경험할까. 어쩜 아주 어렸을 때부터 울어보지만, 아픔은 혼자 겪는 수밖에 없지 않은가. 무섭거나 심심한 것도 마찬가지. 아이도 처음부터 삶을 배우겠다.

알았다, 알았어!

혜경 씨는 아들이 언제 예수님을 마음으로 깊이 만났는지 잘 모른다. 대학에 다니면서부터 신앙생활 하는 모습이 좀 달라졌다고는 느꼈지만 신학대학원을 가겠다고 할 때는 정말 놀랐다.

"그래, 언제부터 그런 생각을 했니? 이건 잘 생각해 보고 결정할 일이야"라며 한 해를 붙잡아 두었다.

노래방 복음성가

그즈음 모처럼 가족이 모여 오랜만에 노래방을 갔다. 아빠는 옛 생각이 나는지 7080세대의 '긴 머리 소녀' '사랑이야'를 구성지게 부르고 혜경 씨도 화음을 넣으며 분위기를 띄우고 있었다. 그런데 모니터 자막에 '성령이 오셨네'가 뜨는 것이 아닌가.

"이게 뭐야, 이런 찬송도 나와?"

반주에 맞춰 부르는 아들의 노래는 찬송가가 아니라 복음성가 '성령이 오셨네'였다. 후렴이 다이내믹한 그 찬양을 감격적으로 부르는 아들의 모습을 보며 '아, 하나님이 하시는구나' 흐뭇한 마음을 감출 수 없었다.

욥 같은 아저씨

이런 일도 있었다. 전화로 이어지는 아들의 사연이다.

"감사절에 좋은 일을 하고 싶었는데, 길에서 불쌍한 아저씨를 만났어요. 배도 고프고 갈 집도 없대서 룸메이트랑 의논해서 집에 데려왔어요. 그런데 샤워하고 나온 걸 보니 온몸에 피부병이 있는 거예요. 그래서 부인도 떠났대요. 정말 욥 같지 않아요?"

여기까지 듣고 혜경 씨는 숨을 고르며 말했다. 그게 어떤 병일지 모르니 보건소에 데려가는 게 좋겠다고. 그러자 벌써 그렇게 했고, 입소문이 나서 대학원 급우들이 음식 값을 조금씩 준다며 좋아하는 것이 아닌가. '순진 무쌍한 아이…' 이 아저씨와 함께하니 이번 감사절이 더 의미 있다며 새로운 경험에 흥분돼 있었다.

엄마 잘 사세요

교회 사역을 벅찬 감동으로 해나가며 긴 신학대학원 과정을 마쳐갈 즈음, 아들은 결혼을 생각해 볼 사람을 만났다고 감사가 이어졌다. 이젠 어린 나이도 아니고 신앙도 더욱 성숙해진 것 같고… 혜경 씨는 이 좋은 때, 갑자기 묻고 싶은 말이 떠올랐다.

"아빠가 먼저 하늘나라 가면 엄마는 어떻게 하지?"

내심 '큰삼촌이 할아버지 할머니를 모시고 산 것을 아는 아이니까' 하는 생각이 들어서였다. 그런데 아들의 대답은 "엄마, 그냥 잘 사세요. 엄만 잘 할 수 있을 거예요"였다. 망설임 없이 이런 말을 하는 데에 놀랐지만 이어지는 말은, 같은 동네는 몰라도 한 집에서는 안 된다는 것이다. 가볍게 해 본 말이긴 하지만 신앙무드가 한창 좋은 아들의 단호한 줄긋기에 혜경 씨는 서운함이 올라와 저녁 내내 말문이 열리지 않았다.

이튿날 아침, 아들이 진지한 얼굴로 다가왔다.

"어젯밤에 곰곰이 생각해 봤어요. 진짜 그런 날이 오면 어떻게 할지. 그런데 주님 붙잡고 사는 게 맞아요. 모든 것이 되시는 주님은 이 세상이 줄 수 없는 위로와 평안을 주신다고 했잖아요. 우린 다 그렇게 살아야 해요."

한 밤을 고민한 아들의 답은 이제 확신에 차 있었다. 또 성경에도 부모를 떠나라고 했으니까 따로 사는 게 맞는 거라고.

혜경 씨는 결혼을 생각하는 아들이 이렇게 마음으로 준비되는 게 싫지는 않았다. 너무 순진하고 착해서 남에게 거절하는 게 쉽지 않은 아이였는데, 신앙은 말씀을 기준으로 삼고 분별할 힘을 주었나 보다.

중년이 되어 어깨 좀 펴려 하니 아이들이 지적하는 말이 있다.
다시 생긴 삶의 과제에 정신을 차린다.

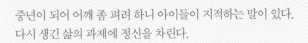

그런즉 부모를 떠나…

혜경 씨는 오늘도 결혼한 아들에게 전화를 받았다. "그래, 다 잘 있니?", 묻자 새아기와 함께 "네, 잘 있어요" 스피커폰으로 대답한다. 지난주에도 그 전 주에도 "잘 계시느냐"는 안부 전화에 "별일 없다"고 했다. 그런데 어째 통화가 결혼 전 같지 않게 살갑지가 않았다. 왜 그런지 생각해 보는데, 지난 번 만났을 때 몇 가지 얘기를 했더니 "알아서 할게요"라며 달가워하지 않던 아들 표정이 떠올랐다. 더 이상 자기 생활에 관여하는 일은 사양하겠다는 뜻이리라. '결혼예비공부를 여러 시간 하더니 부모를 떠나라고 잘 배웠나 보다라며 쓸쓸히 웃을 수밖에.

알아서 잘 살겠단다. 무엇을 더 바라겠나.

내 관심의 영역이 일부 사라진 느낌 … 허전함.

아들은 외로운 생활에 동반자를 만나 그냥 좋은 것인가.

독립적으로 생활해 나가는 걸 감사해야 하는데,

아들과의 분리가 서운한 모양이다.

또 문자가 왔다. 곧 전화하겠다고. '따스하게 말하고 그전처럼 하자'고 마음은 먹는데 딱히 할 말이 생각나지 않는다. 이젠 짝을 지어 놓으니 끼니를 어떻게 하나 물어볼 필요도 없고, 옷 세탁이나 스타일링도 훈수 둘 게 없지 않은가. 더욱이 앞으로 공부할 일도 다 알아서 한다니 무엇을 말하겠나. 그리고 보니 그 전의 대화 내용은 모든 생활을 점검하며 짚어 주는 것이었음을 새삼 깨달았다.

혜경 씨는 이제 자신의 역할을 다시 정리해야겠다고 생각했다. 아들을 가장으로 독립시켜 내어놓으며 마음을 정돈하는 것이다. 더 이상 모든 일을 간섭하며 혼내는 엄마의 역할은 끝이 났다. 그것이 허전함이나 서운함으로 다가와도 이젠 그것을 딛고 인격적인 대화를 해나가야 한다. 말수가 줄어드는 게 자연스런 일일 수 있다.

어느 연극 연출가의 제언대로 '다 말하지 않기'로 한다. '마음속 말들을 좀 간직한 채 바라보며 기다려 주고 스스로 결정해 나가도록 하기. 어른된 아이들이 내게 오는 만큼 받아 주기. 거리 두고 서 있는 큰 나무처럼 뒤에 있기.'

날갯짓을 하겠다고 퍼덕거린다.

뒤뚱거리며 사춘기를 살아온 애.

부모는 이제라도 도와주고 싶어

모래주머니처럼 뒤에 서 있는데

그냥 기도만 해 달란다.

그래, 뭐라고 기도할까.

"그건 주님이 주시는 말씀대로 알아서 하세요."

방학이면 오랜만에 만난 반가움으로 엄마를 번쩍 들어 올려 빙빙 돌리던 큰아이, 등을 긁어 달라고 바위같이 커다란 등어리를 내밀던 아들, 좀 길게 얘기해도 잘 듣고 있던 순둥이, 문득 문득 새로 받은 은혜 얘기를 들려주며 놀라게 하던 신앙 친구.

품 안의 자식은 당연히 떠나는 것이지만 진하고 짠한 엄마와 아들의 애정마저 내놓아야 하는 것인가. 그래, 주님께 연결했으니 됐다!

딸과 새아이가 믿음의 친구가 되면 천국의 한 부분을 가지는 것과 같을 게다. 거기에 시어머니까지 합해지면 얼마나 아름다울까.

화음 맞추는 엄마? 소리굽쇠 엄마!

"회사 권태기가 왔나 봐. 월요일에 출근하기가 무거워요."

전화기 너머 딸의 목소리다.

이어서 평소 말이 없는 아들도 한 마디, "같이 일하는 사람과 잘 안 맞아요. 파트너를 바꿔야 할지, 좀 두고 봐야 할지 모르겠네요."

"늘어진다. 날씨도, 몸도, 나이를 먹나 보네."

퇴근하는 남편까지 이렇게 한 마디씩 하는 말을 듣고 나면 혜경 씨는 생각이 복잡해진다. 어떤 대답을 각자에게 적절하게 해야 할지, 마음의 상태를 어떻게 다잡아줘야 할지. 그러다 자신도 모르게 "식구마다 하는 소리에 엄마는 화음을 맞추느라 애쓴다"라고 말했다. 그 말을 들은 딸이 "엄마는 화음을 넣는 사람이 아니고 우리 집 소리굽쇠(tuning fork)예요"라고 받는 게 아닌가.

"소리굽쇠? 그건 악기들의 소리를 맞추기 위해 언제나 기본음을 내는 건데."

"그러니까 그게 엄마지."

가볍게 주고받은 말이 그날부터 크게 새겨졌다. '가족들이 낼 소리를 나한테 맞춘다? 내가 그렇게 중요한 역할을 하고 있나?' 그러면서 주변의 엄마들을 둘러보니 다들 날마다 가족들에게 기본을 가르치고, 그 소리를 되받으며 애쓰는 모습이다.

엄마 1 "공부를 어느 정도는 해야지"

별 뒷바라지 없이 큰애가 조용히 공부하더니 좋은 대학에 들어갔다. 감사하며 둘째아이를 보는데 영 다르게 놀고 있었다. '사람이 다르고 길이 다르니까', 그렇게 지켜보며 기다리는 가운데 날짜는 가고 답답한 심정이 되어 한 마디 했다.

"나중에 뭘 하더라도 공부를 어느 정도는 해야지."

아이의 반응은 폭발이었다.

"나도 알지만 힘든데 어쩌라고요."

순간 분위기가 얼어붙고 평소에 순한 남편이 큰 소리를 냈다.

"엄마가 보다 못해 너 위해 한 말인데 그 말버릇이 뭐냐?"

일이 커져 버려 수습하느라 기진맥진하게 되었다.

엄마는 그 후 일주일을 앓아 누웠다. '그 말을 하지 말고 더 참았어야 했나. 둘이 있을 때 말했어야 했나.' 성실하게 살라는 기본을 가르쳐 주려 한 말인데 그렇게 전달하지 못한 것 같아 안타까웠다.

엄마 2 "기도하며 밥해 주는 게 다예요"

　　　　　　　　　　　　　고시공부 하느라 몇 년 째 독
방에서 애쓰고 있는 아들 옆에서 엄마는 목소리가 낮아졌다. 말수가 줄고
생각이 많아졌다. '오래 앉아 있어 몸에 무리가 가지 않을까. 영양 균형을
위해 단백질과 무기질을 잘 맞추고 있는 건가.'

　　모든 스케줄은 아들 중심이고 하루하루 지나가는 날이 조심스럽기만
하다. 옆의 가족들을 돌아본다. 덩달아 조용해진 딸, 쓸쓸해 보이는 남편
의 출근길 뒷모습, 이런 때 엄마의 역할은 무얼까?

　　'그래, 너무 가라앉지 않게 나부터 분위기를 끌어 올리자.'

　　그래서 기도하면서 운동을 시작하고, 남편에게도 딸에게도 좋은 시간
을 가져보자고 제의했다. 가족의 중심, 주부, 엄마 역할이 크게만 느껴지
는 시점이라고 토로했다.

엄마3 "엄만 그런 말도 못하니?"

　　　　　　　　　　　　　바르게 애들 키우느라 험한 말 쓰지
않고 큰 소리 내지 않고 살아온 엄마다. 방학이라고 외국서 방문한 조카
들을 온종일 돌봐주고 파김치가 되어 돌아온 날, '감사했다'는 인사말이라
도 오려나 하며 스마트폰을 들다가 "얘들이 문자도 없네"라고 중얼거렸
다. 그때 옆에 있던 딸이 한마디 했다.

"엄마, 좋은 일 하고 나서 그런 거 기대하지 말라고 하지 않았어요?"

머리가 띵해지며 할 말을 잃었다. '그래, 일하면서 뒷말하지 말라고 너희들에게 말했지.'

집안의 표준저울, 소리굽쇠로 바르게 서 있어야 하는 엄마들.

몇 년 전, 엄마가 살아 계실 때 "엄마, 언제까지 식구들을 이렇게 봐 주며 살아야 해?"라고 했더니, "어미잖니? 어미는 언제까지가 없단다." 하시던 말씀이 생각났다.

생각해보면 실망은 얼마나 사소하고 하찮은 것에서 오는지.
쉽게 마음이 흔들리는 것은 지난번에 제대로
못 깨달았다는 뜻이란다.

비비안 리 원피스

혜경 씨는 그날 무슨 생각으로 그 옷을 집어 들었는지 모르겠다. 빈티지 거리가 문 닫는 시간이라 입어 볼 수도 없었는데 꼭 사야만 하는 마음이 들어서였다. 옆에 있던 혜경 씨 언니가 "이걸 어디 갈 때 입으려고? 생각 해 봐. 입을 수 있을지"라며 말려도 "액자처럼 벽에 걸어놓기라도 하려고" 건성 대답하며 계산대로 갔다.

레이스에 프릴 장식이 있는 폭넓은 원피스, 잔잔한 꽃무늬와 퍼프소매 가 다 좋았다. 입어 보지도 않고 이렇게 옷을 사는 일은 좀처럼 없는 일인 데 그냥 놓치면 안 될 것 같은 참 이상한 순간이었다. 여행가방 밑바닥에 넣어 집으로 가져와서도 꺼내지 못했다. 남편이 놀랄까 봐.

다음 날 혼자 펼쳐 보니 허리가 잘록하고 가슴이 깊게 파인 중세풍으로 사이즈가 작았다.

'이건 어차피 벽에 걸어 놓고 보려 했는데 뭐.' '음, 음 딸이 여름방학에 오면 입혀 봐야겠다.'

딸 구슬려 그 옷을 입히며

"지혜야, 엄마가 지난 여행에서 빈티지 가게에 들렀다가 원피스를 하나 사 왔어. 비비안 리가 입던 스타일이야."

"어? '바람과 함께 사라지다'의 그 사람 옷을?"

"그런 종류지."

"그런 건 경매하는데. 엄청 비싼 거 아니야?"

"한번 입어 볼래?"

혜경 씨는 딸이 입다가 덥다고 짜증낼까 봐 슬슬 에어컨으로 다가가 스위치를 눌렀다.

"어떤가 보자. 한번 입어 보기만 해."

복잡한 원피스를 혜경 씨는 수수께끼 풀 듯 들추며 딸의 허리에 넣어 당겼다.

'아, 딸에게도 허리가 이리 낄 줄이야.' 웃음이 나오려는 걸 꾹 참았다. 혹여 안 입는다고 하면 안 되니까.

조이는 끈을 다 풀고 다시 끌어올리며 "파티 옷이 이런 거구나" 설명하는 혜경 씨 모습은 영락없는 영화 속 흑인 메이드였다. 그때 땀으로 범벅된 얼굴을 보며 딸이 웃음을 터뜨렸다.

"엄마, 거울 좀 봐."

거울 속 얼굴은 무더운 날씨에 눈 화장이 번져 부엉이처럼 되어 있었다. 그제야 둘은 빵 터져 웃기 시작하다가 급기야 눈물까지 흘리며 굴렀다.

"엄마, 파란 눈물 나온다."

"너는 검정 눈물이야."

아이라인이 흘러 엉망이었다. 다시 원피스 허리끈을 뒤에서 조이며 '바람과 함께 사라지다'의 장면과 똑같다며 둘은 웃고 또 웃었다.

노년의 엄마의 한 말씀

얼마 뒤 혜경 씨의 엄마가 물으셨다.

"너 그때 산 원피스 입어 봤니?"

"네, 지혜 입혀 봤는데, 입혀 보다가 웃음이 터져서~ 말할 수도 없이 웃었어. 안 입어 보겠다고 할까 봐 달래서 입히는데 땀범벅이 되고 얼마나 웃었는지 화장이 다 지워졌다니까."

"너 벌써 그 옷값 다했구나. 그렇게 재미있는 웃음은 정말 귀한 거다. 그것도 딸이랑 그런 시간을 보내는 것은 세상에서 제일 귀한 거야."

90세 엄마의 시선은 우리와 달랐다.

그러고 나서 혜경 씨는 자신이 그 옷에 왜 그렇게 끌렸을까 생각해 보았다. 혜경 씨는 30대에 가난한 유학생활을 하면서 원피스를 한 번도 사거나 입어 보지 못했다. 벽에 걸어 놓고 보기라도 하고 싶은 마음, 그 마음을 스스로 받아 주기로 했다.

영국서 맞은 첫 번째 크리스마스

"어, 영국인데 비가 안 오네."

청명하고 상쾌한 8월이 지나자 으스스한 서늘함이 회색빛 하늘과 함께 밀려왔다. 온돌에 익숙한 우리에게 방 한쪽 라디에이터의 온기는(그것도 잠들 때와 깰 때 1시간씩만 작동하는) 별 위안이 되지 못했다.

유학 생활 첫 학기에 아빠는 영어공부에 정신없고, 네 살 개구쟁이와 돌도 안 된 아기와 함께 길 모르고 말 안 통하는 엄마가 할 수 있는 것이 무엇이 있었겠나. 게다가 비는 아무 때나 후드득 내리고 손바닥만 한 파란 하늘이 구름 사이로 지나고 나면 휑한 바람이 뼛속으로 스며드는 전형적인 영국 날씨 속에서 말이다. 10월, 서머타임이 끝나고 시간이 당겨지니 오후 네 시만 되면 연한 잉크 빛이 돌며 가로등이 켜지기 시작했다. 어떻게 이렇게 갑자기 달라지지? 영국 런던의 위도가 평양과 비슷해서 여름과 겨울의 밤낮 길이가 더 많이 차이가 나지 싶다.

영국 교인들과 사귀다

　　　　　　그즈음, 큰애가 집 근처 영국 교회의 어린이집
에 다니게 되면서, 우리도 그 교회 주일 오후예배를 참석하기 시작했다.
유모차를 밀고 큰애를 걸려 10분쯤 가면 그들은 수선스럽지 않으나 친절
하게 우리의 필요를 묻곤 했다. 어린 아이가 있어서 영어를 배우러 다니지
못한다고 하니 집으로 찾아와 주겠다는 선생님과 영국식 하이 티(가벼운
저녁식사)를 함께 하자는 장로님을 보면서 주님 안의 만남이 귀하다는 생
각을 하게 되었다.

　몇 번이나 갔을까. 구역에 소속되면서 크리스마스 파티를 한다는 초대
장을 받았다. 처음으로 외지에서 맞는 크리스마스 시즌이었다. 잡채를 만
들어 한 접시 가지고 지도를 보며 찾아가니 집 안에는 벌써 커다란 칠면
조와 옥수수 빵, 샐러드가 차려져 있었다. 대여섯 가정이 모인 파티는 노
란 불빛 아래 소박하고도 정겨웠다.

　"Away in a manger no crib for a bed, the little lord jesus laid
down his sweet head~"

　그들은 우리에게 익숙지 않은 캐럴을 불렀다. 우리가 아는 곡들은 대부
분 미국 찬송이었음도 알게 되었다.

　식사시간이 되어 한국 잡채를 설명하라고 해서, 고구마로 만든 국수에
이런저런 재료를 넣고 참기름과 간장으로 양념을 했다고 하니, 냄새를 맡

아 가며 조금씩 가져갔다. 접시를 들고 편하게 얘기하며 식사하고 치우는 게 간편하고 좋았다. 한쪽에선 어른들과 아이들이 한데 어울려 삼삼오오 게임을 펼쳤다. 스펠링 맞추기, 사목놀이, 링 던지기….

공정한(?) 성경퀴즈

파티의 하이라이트라며 다 모이라고 했다. 성경퀴즈는 '예수님 탄생'이 주제였다. 애들 아빠는 답을 말하다 안 통하면 종이에 써서 보여 주면서 결승에 올랐다. 사회자는 영국 대 한국의 대결이라고 분위기를 띄웠다. 알아듣기 쉽게 문제를 자상하게 발음하고 동시에 손을 들면 우리에게 우선권을 주는 배려가 빛났다. 결과는 6대 4로 상대방의 승리였다.

그리고 가정마다 한 해 동안의 격려가 이어졌다. 늘 밝은 웃음으로 구역을 빛나게 해 주신 분, 아기를 낳아 기쁨을 주신 분, 파티 장소를 제공해 주신 가정, 병을 견디며 희망을 알려 주신 분, 그리고 먼 한국에서 여기까지 와 주신 손님이라며 환영해 주었다.

마지막 시상식에서는 "오늘의 일등은 언어의 장벽에도 불구하고 4문제나 맞춘 한국팀"이라고 소개했다. 외국인에게는 맞춘 점수에 두 배를 더해 주는 게 공정하다는 설명과 함께.

와아~ 아이는 아빠가 이겼다며 마냥 좋아했지만 우리는 돌아오는 길에 '이렇게 남을 배려해 본 적이 있나' 우리 자신을 되돌아 보았다. 이분들이 오늘 파티를 미리 이렇게 계획했나 생각도 해 보았지만 그렇다고 감동이 다를 건 없었다. 깜깜한 밤, 찬바람 속에서도 훈훈하던 그날의 기운이 평생 잊히지 않는 크리스마스 파티의 그림으로 지금도 남아 있다.

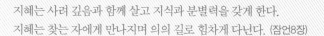

지혜는 사려 깊음과 함께 살고 지식과 분별력을 갖게 한다.
지혜는 찾는 자에게 만나지며 의의 길로 힘차게 다닌다. (잠언8장)

크리스마스 귀여운 선물들

12월 중순, 올록볼록 에어 캡 봉투에 든 소포를 받아들었다. 크리스마스에 늦지 않으려고 일찍 서둘러 애쓰고 다녔을 아이들 모습이 떠올랐다. 마땅한 선물을 고르고 부치느라 쇼핑몰로, 우체국으로 왔다 갔다 했을 아이들.

말랑말랑한 포장을 열어 보니 따스한 플란넬 잠옷과 눈 영양제가 들어 있었다. 짙은 색 격자무늬의 잠옷은 아빠 것, 눈 영양제는 혜경 씨 것으로 보였다.

"카드는 어떻게 요런 걸 골랐을까?" 하며 읽는데, 잠옷을 입어 보던 남편이 "어, 이상하다" 하는 것이다.

"팔 길이가 짧아.~"

가까이 가서 단추 여밈을 보니 여성 옷이었다. 검정에 가까운 색깔이 누가 봐도 남자 옷으로 보이는데…. 남편의 실망도 안됐지만 아이들이 알게 되면 어떨지 마음이 짠해졌다.

혜경 씨는 얼른 분위기를 바꿔 "올 크리스마스 선물은 다 엄마 거다. 아빠 잠옷 선물은 내가 할게"라고 전화를 걸었다. 그러면서 당부했다.

"너희들, 엄마아빠 선물 사느라고 먼 거리 운전하고 날짜 맞추느라 신경 쓰는 일 이제 그만해라. 만날 때 서로 직접 전하는 걸로 하자. 카드면 다 된다, 알았지?"

이듬 해, 카드를 받아들었다.

"엄마, 저에게 항상 은혜와 사랑으로 삶의 노하우를 가르쳐 주셔서 감사합니다. 마음에 두고 잘 기억하고 있습니다. 계속 많은 기도와 사랑으로 지원해 주세요. 지금까지 저를 기다려 주시고 사랑해 주셔서 감사합니다. 부모님께 부끄럽지 않은 사람이 되도록 노력하겠습니다. 여기까지 이끌어 주신 것이 하나님의 은혜이고, 앞으로 인도해 주실 것도 하나님의 은혜인 줄 압니다."

이 이상 마음을 감동케 할 선물이 어디 있을까.

아이 러브 유

세 돌배기와 백일 지난 아이들을 데리고 유학길에 올라 여름을 지내고 크리스마스 시즌을 맞았을 때다. 스산한 날씨 속 후드득 떨어지는 비가 언제 시작될지, 어떻게 그칠지 몰라 집 안에서만 지내고 있었다. 특별히 찾는 이도 없고 기다릴 일도 없이 아이들과 앉아 있는데, '딱 딱 딱' 도어 노커(현관문에 달린 노크 기구) 두드리는 소리가 났다.

"으응? 아빠 올 시간이 아닌데."

작은 돋보기로 내다보니 빨간 스웨터를 입은 옆집 할아버지가 서 계셨다.

"메리 크리스마스!"

할아버지는 예쁜 포장을 한 선물 상자를 내밀었다.

"와, 땡큐 땡큐!"

안에는 'I love you'라 쓰인, 하트 목걸이를 한 곰 인형이 들어 있었다. 크리스마스에 낯선 이방인을 찾아 준 할아버지. '아, 크리스마스는 이렇게 보내는 거로구나' 삶으로 가르쳐 준 이웃 할아버지의 모습은 우리들에게 마치 산타 할아버지처럼 오래도록 기억에 남아 있다.

크리스마스는 맞이하는 느낌이 감미롭다. 그 약간의 흥분을 안고 트리장식을 꺼내며 또 나눌 수 있는 무언가를 준비하다보면 의미가 새로워진다.

그해 크리스마스 부록

새로 이사한 지 얼마 안 되는 낯선 동네에서 12월을 맞게 되었다.

아들딸이 좋아하던 친숙한 그곳에서, 아쉽게도 가장인 아빠의 스케줄에 따라 멀리 이사를 온 것이다. 그간 새로운 곳에 정착해 살 궁리를 하느라 애들 마음을 살피지 못한 미안함이 스며들었다. 문득 '그래, 12월이니 크리스마스 장식을 하자'는 생각이 들었다. 우리가 어릴 때 하던 대로 색종이를 잘라 동그랗게 엮고, 등불도 만들고 … 혹시 정말로 좋은 장식거리가 있을까 싶어 'give and take'(마음대로 주고받는 장소)도 찾았다. 마침 거기엔 크리스마스트리가 구겨진 채 접혀 있었다. 유모차를 빌려 집까지 날라서 하나하나 손질하니 뿌듯하기까지 했다.

"엄마 오늘 학교서 크리스마스 장식 만들어 왔는데…."

아이들이 트리를 보고 기뻐했다. 아이들은 빨강, 초록, 흰색을 보면 뭐든 갖다 걸었다. 긴 색종이로 동그라미를 잇기 시작하자 한없이 길어졌다. 그 다음 주는 멀리 계신 할머니와 할아버지, 전에 살던 동네 친구들에게 카드를 써서 부쳤다. 그리고 맨 나중에는 새 학교 선생님과 친구들에게 카드를 썼다. 크리스마스트리 아래엔 아무래도 크고 작은 선물 박스가 있어야 할 거 같았다. 그래서 아이들이 새해에 쓸 학용품과 양말들을 포장해 놓았다. 그런대로 분위기가 만들어져 갔다.

그런데 혜경 씨와 아이들의 이런 가상한 노력에도 참여하지 않는 애들 아빠가 눈에 보이기 시작했다. 표정이 없고, 귀찮은 듯 피하기도 하고, 어떤 말에도 시큰둥하기만 했다.

'나는 아이들과 주어진 환경에서 최선의 노력을 하며 살려 하는데, 애들 아빠는 왜 저럴까? 마음껏 쇼핑을 하지 못해도 우린 행복할 수 있는데' 이해가 잘 되지 않았다.

그러더니 배가 좀 아프다고 했다. '혹시 벌 받은 건가. 열심히 가정을 돌보지 않았다고? 어른이 배가 아프면 소화제를 먹든지, 한 끼 굶든지 알아서 할 일이지' 등등 여러 생각들이 스쳐갔다.

드디어 크리스마스이브가 되고, 혜경 씨는 아이들에게 가르쳐 줄 크리스마스의 의미로 예수님 생신을 생각하며 미역국을 한 냄비 끓였다. 12월 25일, 크리스마스 만찬을 준비하며 케이크와 촛불로 장식하고 아이들과 식사를 하려는데, 애들 아빠는 방에서 나오질 않았다. 계속 배가 불편해서 식사를 못하겠단다.

그때 이웃에 사는 분이 오시자 병원에 가야겠다고 일어섰다. 갑자기 병

원소리를 하니 뒤통수를 맞은 듯 생각이 났다. '잠깐, 시아버지도 저 나이에 돌아가셨다고 했는데….'

'아니 배 아프다고 병원에를 가나?' '좀 불편하다면서….' 그때부터 아이들과 나는 전화기 주변을 떠나지 못했다.

크리스마스, 39세, 낯선 동네, 어린 아이들 … 어두워지는 초저녁, 가장이요 남편인 아빠의 자리가 크게 느껴지는 시간이었다. 지금껏 공부한다고 가정을 제대로 돌보지 않은 가장의 죄가 크다고 여겼는데, 어떤 벌을 받게 될지 두렵기 시작했다. 그 벌은 자신에게도 돌아가지만, 우리 가족에게도 영향을 끼친다는 생각이 들었다.

한참 만에 연락이 왔다. "맹장염이래."

다들 크리스마스 휴가를 떠나 의사가 병원에 한 사람밖에 없어서 다른 의사를 호출해 와서 확진하느라 시간이 걸렸다고 한다.

"하나님, 감사합니다. 아는 병, 제일 쉬운 병을 주셔서."

그날 밤, 아이들과 맹장이란 'appendix'이며 '부록'이란 뜻으로, 있어도 좋지만 없어도 괜찮은 장기임을 공부했다. 무엇보다 우리에게 맹장염은 크리스마스 선물로 여겨졌다. 적절한 깨달음을 주시고 공포에서 건져 주신 하나님의 선물.

작은천국 FAMILY

직관을 가지고 바로 표현하는 사람과 매사를 두드려 알아가는 사람, 그 차이를 화성과 금성에서 온 사람이라 표현했다. 내성적인 사람을 지켜보는 일이 쉽지는 않다.

크리스마스에 '오빠와 동생'

부모와 떨어져 직장생활을 하는 지혜에게 이번 크리스마스는 타향에서 처음 겪는 특별한 시즌이다. 학교 다닐 때는 방학이 있어 여름과 겨울, 집을 오갔는데 직장인이 되고 보니 쉽지 않았다. 그래도 다행히 차로 두 시간 걸리는 곳에 공부하며 일하는 오빠가 있어 함께 시간을 보낼 생각을 하며 마음을 달랬다. 신학대학원을 다니며 전도사 일을 하는 오빠는 늘 지혜보다 시간 내기가 어려워 보였다.

'그래, 이번 크리스마스 휴일에는 오빠 교회 근처에 호텔을 얻어 함께 지내야겠다. 크리스마스 행사로 오빠가 교회를 계속 왔다 갔다 해야 할 테니 그 시간을 줄여 주는 거야.' 지혜는 교회 근처에 깨끗한 방을 예약하고 며칠간 지낼 짐을 꾸렸다.

'책 볼 시간도 있을 거야. 오빠 크리스마스 선물은 뭘 하지?'

지혜는 벌써 몇 년째 크리스마스를 타지서 홀로 지낸 오빠와 함께 있게 된 게 기뻤다. '집에서 교회가 4, 50분이나 걸린다니 오빠가 며칠간 편하겠지' 하며 낯선 곳이지만 짐을 풀었다. 그날 밤 오빠는 아이들 노래극 연습을 마치고 몇 명을 집에 데려다 주고 오느라 좀 늦게 왔다. 그래도 늦은 저녁을 먹으며 반가워서 이런저런 얘기를 나누었다.

"저번에 말했지? 크리스마스 다음 날 어느 교회 수련회 인도하러 간다고."

12월 24일

아침 겸 점심을 먹고 이른 저녁 식사를 밖에서 하자고 했다.

"그래, 알았어."

지혜는 낮 시간에 동네도 구경하고 책도 보며 호텔방서 지내다 외출 준비를 했다. 이른 저녁이면 4시, 5시? 그런데 전화가 안 온다. 배는 고파오고 지금이 크리스마스이브라는 생각이 들자 서글퍼지려 했다. 6시가 다 되어서야 오빠로부터 저녁 먹으러 갈 시간이 없다는 연락이 왔다. "아이들 노래극 마지막 리허설이 이제 끝나 간단히 해결할 테니 너도 적당히 알아서 하라"는 것이었다.

'나 혼자? 이런 날, 약속해 놓고 이럴 수가….' 지혜는 차라리 친구들하고 집 동네에 있는 게 나을 뻔했다고 생각하며 낯선 동네 패스트 푸드점 구석에서 요기를 했다.

그래도 아이들의 노래극을 보면서 마음이 약간 풀어지긴 했다. 그날 밤, 오빠는 호텔에 오더니 그대로 쓰러져 잠들었다.

12월 25일

오빠는 일찍 서둘러 말끔하게 옷을 차려 입고 교회로 나섰다. 크리스마스 예배와 만찬을 마치고 나자 오빠는 다음 날 떠날 수련회에 벌써 마음이 가 있는지 컴퓨터를 들여다보고 있었다.

"엄마!" 지혜의 전화 목소리가 떨렸다.

"오빠가 많이 바쁘지?" "같이 식사하기로 했는데 오지두 않구…."

"그래서 어떻게 했어?"

"혼자서 패스트푸드 먹었어. 호텔에 와서두 잠만 자."

엄마는 두 아이 상황이 너무도 잘 보였다. 오래오래 전, 결혼하고 맞이한 첫 번째 크리스마스에 느꼈던 감정이 되살아났다. 해마다 비슷한 상황 속에서 목회자의 자리를 이해하고 스스로 의미 있는 크리스마스를 만들기까지 얼마나 애쓰며 살아왔던가. 교회 일이 가장 바쁜 크리스마스 시즌에 전도사 오빠와 함께 크리스마스를 보내겠다고 호텔까지 얻어 근처로 간 귀요미 딸. 엄마는 결혼하고 꽤 지나서야 함께 산다는 건 기다림이 반이라는 걸 알았는데, 우리 딸은 벌써 이번에 많은 걸 알았네.

말을 이해하는 것은 마음을 알아주는 것이다.
얼마나 복된 일인가. 누구에게 말을 할 수 있는 것은
믿음이 있기 때문이다. 건강한 관계다.

작은 의미를
붙여 보며

올해 꼭 해야 할 일

지금 내 인생은 하루 중 몇 시에 해당할까? 나는 지금 몇 시를 지나고 있는 건가? 백 세 시대라는 말에 맞춰 계산하기 쉽게 96세를 자정으로 해 보자. 그러면 하루 24시간을 대비해 1시간을 4년으로 치면 된다. 이제 자신의 나이를 4로 나누기만 하면 하루 중 몇 시에 해당하는지 알 수 있다. 36세는 오전 9시, 48세는 12시(정오), 60세는 15시(오후 3시), 72세는 18시(오후 6시)가 된다.

각 시간에 따른 나이의 의미는 자신이 붙일 수 있으나 여기서 잠깐 생각해 보자.

  ※ 36세(오전 9시) - 이제 막 에너지를 집중해 일을 시작하는 시간이다.

  ※ 48세(정오) - 오전 일을 마쳤으니 식사도 하며 주변을 돌아보는 것이

필요하다. 오후 일을 잘 해내기 위해 에너지를 보충하며 일의 방향을
생각한다.

※ 60세(오후 3시) - 오후 일 가운데 푹 빠져 있다가 숨고르기가 필요한 시
간이다. 차 한 잔을 마시며 퇴근까지 잘 버티기 위해 스트레칭이라도
해야 하지 않을까.

※ 72세(오후 6시) - 주어진 일을 거의 다 마쳤으니 저녁 스케줄을 따라 이
동할 수 있다. 하루를 돌아보는 감사의 시간도 갖는다.

　나이를 이렇게 하루의 일과 시간과 연관지어 보니 자신이 생각한 것보
다 삶의 시간이 이르다는 느낌이 들지 않는가. 시간이 일러서 아직은 무
언가 할 수도 있겠다는 용기가 생기지 않는가.

　그래서 올해, 오후 티타임을 맞은 혜경 씨는 삶의 중간 점검을 하기로
마음먹었다. 그동안 아이들을 제대로 격려하지 못한 일들, 고마운 일들,
특히 미안한 일들을 써보기로 했다. 이렇게 기억해낼 수 있고, 사고할 수
있을 때 잘 정리해 두는 게 좋겠다 싶었다. 이것을 올해 쯤 아이들에게 주
면 젊은 날 살아가는 힘이 될 테고 혜경 씨 자신에게도 중간 정리가 될 것
이다. 다만 절대 변명이나 핑계가 되는 말을 넣지 않으며 길지 않고 간결
하게 쓰겠다고 스스로 마음을 다잡았다. 이런 생각을 하게 된 데에는 이
유가 있었다.

작은천국 FAMILY

얼마 전, 딸과 긴 얘기를 나누었다. 그때 딸이 한 말이다.

"엄마는 내 얘기를 잘 듣는 거 같지만 그렇지 않아. 난 중요한 얘기를 하는데 왜 별거 아닌 것을 지적해서 말을 김새게 해? 게다가 미안하다는 말도 안 하고."

여기에 대해서는 혜경 씨 입장에서도 할 말은 있었다. '네가 하는 말 다 알아들었어. 그리고 말 속에 잘못된 것들을 그때 고쳐 주지 않으면 그냥 지나가니까 그랬지. 또 뭐 그리 대단하게 잘못했다고 미안하다고 꼭 그러길 바라냐' 하는 마음이었다. 그러나 강한 어조의 불만을 다시 생각해 보니 아이의 이런 말은 이번에만 해당된 게 아니지 싶었다.

마음속 쌓인 말이라면 풀 방법을 생각해야 했다. 음, 돌아보자, 돌아보자. 더 늙어 생각이 흐려지기 전에.

'그랬다. 아이들 말을 잘 듣는다고 들었지만 중간에 딴 생각으로 갈 때도 있었다. 나름 가르칠 부분을 놓치지 않으려 한 것인데, 도리어 아이들 입장을 이해하지 못하는 것으로 비쳤나 보다. 좀더 품어 주는 엄마로 이제 살아야겠다. 난 미안하다는 말 하는 거 자체가 쉽지 않은 사람인 것은 맞다. 그리고 지금껏 이렇게까지 꼭 집어 말해 주는 이도 없었지 않은가.'

이렇게 생각을 뒤집는 일은 쉽지 않았지만 결국 한나절 이상 걸려서 해냈다. 아이들을 격려하고 인정하는 모습이 모자랐고, 미안하다는 말을 그때마다 표현하지 못한 점을 올해 중간 결산해야겠다. 엄마에게 기쁨을 주던 예쁜 아가의 웃음부터 어느새 대화의 상대가 되어 삶에 대한 토론을 하게 되기까지의 일들을.~ 올해는 아이들마다 '너로 인해 기뻤던 얘기' 한 장씩을 손에 들려주려 한다.

완벽한 가족의 비밀

혜경 씨는 왠지 울적한 마음에 책방에 들렀다가 『완벽한 가족』이라는 제목의 책을 집어 들었다. '완벽한 가족이라니, 그런 건 어디에도 없다는 얘기일 거야' 하면서도 들고 나오는 것은 아마도 확인하고 싶은 마음이었으리라.

딸의 마음을 알아주고 말이 통하는 엄마로 살기 위해 애쓰고 있는데…. 딸이 자라면서 결핍된 부분이 있다면 결혼 전에 풀어주고 싶어 노력하고는 있는데, 얼마나 더 그 마음을 알아주어야 하는 것인지. 이런저런 생각에 잠겨 가라앉은 날이었다.

작은천국 FAMILY

여유롭게, 자유롭게(?)

혜경 씨는 중년기에 삶을 내려놓는 자세를 익혀

가며, 또 그것이 좋아 "다 내려놓고 여유롭게, 자유롭게 살라"는 말을 자주 하고 다녔다. 그런데 그 말을 듣고 딸은 "엄마도 그렇게 변한 지 얼마 안 된다"는 반응을 보였다.

"바로 얼마 전까지 엄마도 최고와 최선을 좋아했어요. 잘했을 때 좋아하는 그 표정.~"

"그래? 맞아, 엄마가 열심히 살라고 앞서서 부추겼지. 그런데 이제는 일도 중요하지만 봉사도 하고 옆도 바라보며 게으름도 피워 보라는 거야."

그러면서도 혜경 씨 스스로 이 말소리가 공허하게 돌아오는 걸 느꼈다. '이게 맞는 건가. 진심인가.'

완벽한 비밀 가족

책 속의 가족은 교수 아빠, 디자이너 엄마, 우등생 누나들을 관찰하는 막내 제제의 눈으로 비쳐진다. 인테리어 디자인 전문가 엄마 덕분에 늘 세련되고 단출하게 꾸며져 있는 제제네 거실. 과학자 아버지는 꽤 이름 있는 교수로 성실한 분이다. 두 누나는 칭찬 받는 우등생이며 미인인데 비해, 막내 제제는 보통 수준의 아이로 눈에 띄는 특별한 게 없다.

이런 가족을 가까이서 보는 옆집 친구가 "너희 가족이라고 허점이 없을 리가 없어"라며 숨어서 가족들의 생활을 엿보자고 제안한다. 스파이 놀이가 시작된 셈이다. 큰 소파 뒤에 숨어 가족들의 말소리와 행동을 지켜보기를 몇 시간씩 몇 날을 하다가 지루해질 때쯤, 제제는 아빠의 출근길을 뒤따라간다. 그런데 아빠가 학교가 아닌 곳에 내리더니 온종일 지내다 오는 것이 아닌가. 아빠는 얼마 전 퇴직을 한 상태였다.

또 밤에 마당을 내다보다 엄마가 아무도 모르게 담배를 피우는 것을 목격한다. 늘 건강이 최고라고 말하는 엄마의 비밀이었던 것이다. 누나들 방에 갑자기 들어간 날에는 한창 시험 커닝 페이퍼를 만들고 있는 누나들의 모습을 볼 수 있었다. 이렇게 '완벽한 가족'은 포장된 것일 뿐 실제일 수 없다는 얘기가 주제처럼 계속 흐르고 있었다.

혜경 씨도 이즈음에서 자신을 돌아다보았다. 그동안 가족들 앞에 '온전한 훈육자'로 서 있기 위해 '이래야 한다, 저래야 한다'는 당위성을 얼마나 내세우며 살아왔는지를. 거기엔 엄마의 실패를 겪지 말라고, 엄마가 잘하는 것은 너희도 잘해야 한다는 마음이 담겨 있었고.

그러나 무엇보다 자신의 이면은 누구보다 자신이 알고 있음을 어떻게 감출 수 있을까. 아무도 없는 집에서 '휴식'의 이름으로 혼자만의 게으름을 즐기고 뭔가에 지나치게 몰입하기도 하지 않았는가. 실제로 퍼즐을 맞추다 몸살이 나기도 했고, 게임을 시작하면 시간을 단축시키느라 팔이 떨리도록 반복하기도 했다.

모를 거 같지만 제제처럼 애들도 다 아는 모양이다. 단지 아이들은 부모에 대해 알아가는 것을 어떻게 표현할지 제제처럼 고민하고 있는지도 모른다. 그래, 완벽한 엄마는 없다. 완벽한 비밀도 없다.

행복한 가정을 넘어

엄마의 놀라운 발언

아흔이 넘은 혜경 씨 엄마, 몸이 연약해지는 걸 막을 길은 없지만 아직 성경말씀을 읽고 은혜를 나누며 스스로를 돌아볼 만큼 맑은 정신을 갖고 있었다. 자녀 손들이 여러 나라에 살고 있어 결혼식 등 가족행사가 있을 때마다 이름을 붙여 모이다 보니, 혜경 씨 친정은 엄마 중심으로 매년 만남을 가졌다. 그리고 별 계획이 없던 올 봄, '가족 수련회' 같은 만남이 또 열리게 된 건 엄마의 놀라운 발언 때문이었다.

"내 장례 때 올 걸 대신 와라."

죽은 다음에 와 봐야 당신에겐 아무 소용없으니 이번에 보자는 말이었다. 엄마의 강력한 발언에 형제들은 주섬주섬 비행기 표를 끊었다.

자신의 부고를 낸 할머니

언젠가 우연히 텔레비전에서 본 영화가 생각났다. 자신에게 충분한 관심을 주지 않는 자녀와 친지를 그리워하다가 주인공 할머니는 자신의 부고를 보내기로 결심한다. 미리 몇 사람과 연출해서 장례식장에는 곱게 장식한 빈 관을 놓아두었다. 본인은 검정 망사 베일로 얼굴을 가리는 모자를 쓰고 조문객처럼 한쪽에 앉아 있었다. 장례식이 진행되는 동안 주인공 할머니는 사람들이 하는 말을 엿듣게 된다.

"아니, 어떻게 갑자기 이렇게 됐나. 보고 싶었는데…."

- '연락 한 번 안 하더니 보고 싶었다고?'

"정은 있었지만 성격은 좀 까칠했지."

- '뭐라고?'

"유산도 꽤 남겼을 텐데 다 어디로 줬는지, 이렇게 갈 줄 알았으면 살았을 때 인심이나 좀 썼으면 좋았을 걸."

- '아니, 뭐라?'

"그래도 사리가 분명하고 책임감 있는 사람이었지."

주인공 할머니는 더 이상 가만히 있을 수가 없어서 "그럼요, 이웃에 친절한 사람이었어요"라고 변호하며 돌아다녔다. 그리고 결국엔 자신의 존재를 밝히고 장례식장을 파티로 바꿔 만남을 기뻐하며 영화는 끝이 난다.

작은천국 FAMILY

가족, 그리고 그 다음

연로해지면 영화처럼 스스로 부고를 보내서라도

자녀와 친지들을 한 번 더 보고 싶은 마음이 든다는 건 이해가 간다. 그러나 혜경 씨는 이번 가족 모임은 마음에 부담이 일었다. 자신이 해야 할 일들을 생각하면 급하게 두 주간을 시간 내기란 버거운 일이었기 때문이다. 부모 공경과 가정 화목을 놓고 하나님께 여쭙는 시간을 가졌다. 이번에도 대식구가 명절처럼 만두 빚고 빈대떡 부치고 윷놀이하며 재미있게 지낼 텐데…. 그러나 이번에는 빠지기로 결정했다. 가족 모임도 좋지만 이미 계획된 일들을 하는 게 중요하다는 생각이 들었다.

가족 모임을 포기한 스스로에게 격려의 말이 필요한 시점, 생각나는 분이 있었다. 가정사역의 선두 역할을 하던 분이 선교지로 떠난다고 해서 모두들 의아해했다. 그때 그분이 하신 말씀이다.

"한국의 가정들에게 열심히 화목을 가르쳤더니, 이젠 가족끼리만 너무 뭉쳐 좋아하는 거예요. 행복한 가정은 신앙생활의 목표가 아니라 기반일 뿐인데, 마치 거기서 멈춘 것처럼 보이기도 해요. 그래서 저 자신부터 다음 단계를 향해 선교하러 가기로 했습니다."

춘수필법. 옳은 것을 추켜세우고 그른 것을 깎아 내는 것.
어느 한편으로 쏠리지 않고 스스로 중심을 잡을 수 있을 때
가능한 것이라 한다.

노인용 장난감

"내가 말을 잘 못하니까 알아듣지도 못하는 줄 알고 내 주변에서 치매니 뭐니 하며 수군대는 거 다 알아."

극단 산울림의 연극 '나의 황홀한 실종기'의 한 대목이다.

공허한 마음 달래기

어머니가 계시는 실버타운을 방문하다 보니 노년에 대한 이런저런 생각을 많이 하게 된다. 여러 해 같은 곳을 가다 보니 몇 분의 노화 진행을 눈으로 볼 수 있었고, 길고 지루한 노년을 어떻게 하면 도울 수 있을지 고민하게 되었다. 흔히 노인 문제를 경제적·신체적인 부분에 국한시켜 말하지만, 그 외에도 공허한 시간과 마음을 채우는 것이 대다수 노년의 문제임을 느꼈기 때문이다. 실버타운에는 음악, 미술,

작은천국 FAMILY

동작을 통한 프로그램이 있어 도움을 주지만 그런 활동이 아무 소용 없는 분들도 많다. 흥미가 없어 휠체어에 앉아 왔다 갔다 하는 분, 아예 자리에서 나오지 못하는 분들을 보며 노화도 아이들의 성장만큼이나 다양한 단계와 과정, 양상을 띠고 있어 그에 맞는 돌봄이 필요하다는 생각을 했다.

길어진 노년의 단계

문득 어머니와 한 방을 쓰는 임 할머니를 주시하게 되었다. 임 할머니는 깨끗하고 온화한 분으로 예전에 외국 여행 갔던 얘기며 손자들 얘기를 곧잘 하셨다. 의사 표시도 뚜렷하고 자녀들과도 소통을 많이 했다. 그러나 2, 3년이 지나면서 한숨 짓는 모습이 부쩍 늘어 안타까웠다. 왜 그러시냐고 물었더니 노년이 지루하다고 하셨다. 얼마 전까지만 해도 미술 활동에 참여해 그림도 그리고 작품도 만들었는데, 이젠 그것도 하고 싶지 않고 다 힘들고 귀찮다고 하신다.

침대에 물끄러미 앉아 있는 임 할머니의 모습을 보면서 한 가지 생각이 들었다. 움직여 이동할 수 없는 이런 분들에겐 무엇이 필요할까. 옆에서 얘기해 주고 눈을 맞추며 관심을 표현하는 것도 좋지만 그럴 수 없는 상황에서는 무엇이 위로가 될 것인가.

노인용 장난감

아하, 장난감이다! 손으로 만지는 말랑말랑한 것, 장식은 없고 콩 같은 촉감이 있는 것이 좋겠다는 생각이 들었다. 그날 이후, 인터넷을 검색해 보니 일본과 선진국에는 이미 노인용 장난감이 나와 있었다. 그러면 우리 주변에서 찾을 수 있는 건 뭐가 있을까. 서랍을 뒤적이다 오재미를 집어 들었다. 콩이 들어 있는 비니 베이비도 좋을 것 같았다. 또 마트를 기웃거리다 지팡이 모양의 봉제 장식을 발견해 얼른 샀다.

과연 어떤 반응을 보이실까. 귀찮다고 하지는 않으실까. 그런데 앉아 있기도 힘들다며 누워 지내는 두 어르신은 작은 봉제 지팡이를 쥐어 드리자 아기처럼 좋아하셨다.

"예뻐. 이렇게 짚는 거지?"

프로그램이 있어도 참여할 수 없는 분들에게 필요한 장난감, 노인용 장난감이 어디 따로 있겠는가. 안전하게 손동작을 도와줄 수 있으면 되고, 어린아이의 모습으로 돌아가는 노인에게 나이 순서를 거꾸로 맞추어 아이들 장난감 중에서 잘 선택하면 될 것이었다. 어릴 때 갖고 놀던 소꿉, 작은 동물 인형들. 눈동자가 흐려지고 말을 잘 못해도 사는 동안에 생각하고 즐길 수 있도록 도울 수 있는 것이 무얼까.

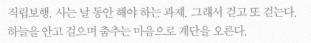
직립보행. 사는 날 동안 해야 하는 과제. 그래서 걷고 또 걷는다.
하늘을 안고 걸으며 춤추는 마음으로 계단을 오른다.

노령자에게서 삶의 의미 찾기

혜경 씨는 요양원에 계신 어머니를 뵈러 가면서 인생의 노년을 심각하게 생각하게 되었다. 영화에 나오는 요양원 모습은 먹기 싫다고 뻗대기도 하고, 보행 보조기로 밀고 다니다 부딪치기도 하고, 그 속에서 은은한 사랑이 오가면서 마지막 화음을 만드는 음악이 연주되기도 하는데, 실제 요양원은 조용한 노화의 공간일 뿐이었다. 표정 없는 얼굴로 프로그램에 참여하는 어르신들, 그마저도 거동이 불편해 오갈 수가 없어 자리를 보존하고 있는 분들을 바라보며 그 힘든 기간을 얼마나 지나야 할지 마음이 무거웠다.

그이 이름이 뭐였지

혜경 씨는 요양원을 계속 방문하면서 어머니와 한

방을 쓰는 정 할머니와 가까워졌다. 그분은 혜경 씨 어머니에 비해 상태가 좋은데도 "지루해. 빨리 가고 싶어"라고 계속 말씀하셨다.

"할머니, 그러면 천국 가실 준비를 해야지요."

혜경 씨는 복음을 전할 좋은 기회라 여기고 운을 떼었다.

"준비가 뭐야? 난 그리 몹쓸 짓은 안 하고 살아 왔어."

이렇게 말씀하는 할머니께 죄를 설명하고 예수님이 대신 죽으셨다는 것을 말하기란 쉽지 않았다. 그러나 그 예수님께 감사하면 된다고 설명하고는 뿌듯한 마음으로 돌아왔다.

얼마 후, 다시 요양원을 방문했는데, 정 할머니가 반가워하며 손짓했다.

"내가 그이를 믿으려고 하는데 이름이 생각이 안 나. 이름이 뭐였지?"

"아, 예수님이요? 그럼 이제 주일마다 예배도 가실래요?"

혜경 씨는 신이 나서 '지난번에 얘길 잘했나 보네' 생각했다. 그때 정 할머니가 "내가 그이를 믿으려고 맘먹은 건 저 분 때문이야."라며 누워 계신 어머니를 가리키는 것이 아닌가.

"저렇게 몇 년을 누워 지내면서도 불평하는 걸 보지 못했어. 게다가 날마다 성경책 보고 기도하는 게 너무 용한 거야. 그래서 나도 그 예수를 믿기로 마음먹었어."

초점이 희미해진 눈동자, 누워 계시는 모습을 보며 우리는 얼마나 쉽게 삶의 의미를 운운해 왔는가. 어머니는 옆의 할머니와 대화 한번 제대로 나누지 못하고 지내지만 사는 모습만으로 제 역할을 하고 계신 거였다.

착한 알츠하이머

시어머니는 알츠하이머 약을 드신 지 몇 년이 된다. 기억의 폭이 좁아지고 지각이 단순해져서 시간만 좀 지나면 "어둡기 전에 어서 가라, 식사를 어디서 하나."를 반복하시지만 알츠하이머의 일반적 염려와 다르게 이전보다 더 순해져 온순한 말만 사용하신다. 직계 자녀가 아니면 다 존대어를 쓰시며 '감사해요, 난 괜찮아요.' 하시니 착한 아이 같은 모습으로 잔잔히 감동을 주신다.

누구도 피할 수 없는 이런 노년의 단계를 지내야 한다면 어쩜 가장 아름다운 모습일지도 모른다. 고집 부리고 불평하는 모습이 아닌 노화에 순종한 모습이랄까. 그 모습으로 옆 사람에게 예수의 향기를 전한 것이다.

수명이 길어지고 노년 인구가 아무리 많아져도 하나님이 이 땅에 두시는 데에는 각각 의미가 있는 것, 그 생존의 의미를 찾는 마음으로 노령자를 대해야겠다.

아픈 얘기로 늘어지는 건 재미없다. 삶의 속도를 조절하며
지나치지 않아 감기 들지 않기, 체하지 않기.

'사위에게' ~ 신부 아버지가

조카 딸 결혼식을 앞두고 있었다. 오빠는 잠을 제대로 못 자는지 푸석한 얼굴을 하고 있었다. 보드라운 성품으로 악기를 연주하며 기쁨을 주던 딸, 귀엽고 사랑스럽게 얘기하던 딸을 출가시키는 아버지의 마음을 옆에서 짐작해 볼 뿐이었다.

결혼식을 앞두고는 서로 눈을 마주치지 못하겠더라는 친구 모녀도 보았고, 일부러 그러는지 괜히 톡톡거리는 딸이 오히려 고맙더라는 얘기도 들었다. '떠남'에 의미를 크게 두면 서운함이 솟구쳐 예식을 망칠까 봐 눈에 보이는 것만 생각했다는 신부도 있었다. 결혼식을 치르는 게 정말 큰일은 큰일인가보다 싶었다.

사위에게 무슨 말을 해야 딸에게 도움이 될지 오빠는 곰곰이 생각하다 몇 자 적었고, 피로연에서 읽어 내려갔다.

"사위에게.

요즘 시간에 여유가 좀 생겨 우리 집 정원을 가꾸고 있다네. 그전엔 스프링클러만 있으면 되는 줄 알았는데 가까이 가보니 나무들마다 좋아하는 환경이 조금씩 달라서 언제 어떻게 심고 물을 주어야 하는지, 햇빛을 보게 해야 하는지 알아야 하겠더라고.

서로 어울림이 좋은 종류가 있어 함께 심으면 좋은 나무가 있는가 하면 전체 균형을 맞추기에 유익하지 않은 꽃들도 있다는 걸 알게 됐지. 게다가 이런 정원을 가꾸려면 여러 종류의 도구들이 있어 적절히 사용해 도움을 얻어야 하는데, 여기서 중요한 건 꼭 먼저 안내 책자를 잘 읽어봐야 한다는 것이야.

그러면서 우리들 각 가정의 삶이 정원을 가꾸는 일과 비슷하다는 깨달음이 오더라고. 잡초를 뽑고 긴 가지를 자르며 잔디를 깎지 않으면 얼마 안 가서 엉킨 수풀처럼 될 수 있다는 것, 애정을 가지고 돌보지 않으면 정원은 곧 표정을 잃어버리게 된다는 것이 비슷하더군.

사람 마음 안에는 그냥 두면 계속 자라는 이상한 고집도 있고, 교만함과 게으름이 있어서 매일 면도하듯 스스로 살피고 또 서로 봐주지 않으면 갈등이 생길 수밖에 없는 거라네.

크지 않은 정원을 돌보면서도 이렇게 애정과 수고가 필요하다는 것을 느끼며, 나도 젊은 날 가정을 이루던 초반에 이런 사실들을 알았더라면 얼마나 좋았을까 생각해 보았네. 그래서 딸 혜은이의 손을 넘겨주며 자

네에게 꼭 알려주고 싶은 정원 가꾸기 안내서, 가정 지침서를 소개하려고
하네. 그것은 바로 '성경'이야. 살면서 답답할 때마다 인생의 선배를 찾아
가 물을 게 아니라 우리를 만드신 하나님, 그래서 우리를 잘 아시는 하나
님의 지침서를 읽는 게 최선이 아니겠나. 말씀 속에서 삶의 지혜를 배워
나가면 가정이라는 정원은 둘만의 아름답고도 특별한 모양과 향기를 가
지게 될 걸세. 우리 혜은이와 멋진 시작을 해보게나.

생활 속 사색의 남자

　　　　　　오빠의 말소리는 한두 번 끊기며 가늘게 이어지
곤 했지만 이날 하객들은 열렬하게 박수를 치며 감격스러워했다.
'저런 인사말을 하다니!'
어디선가 들어본 듯도 했지만 정원을 가꾸며 혼자 사색한 오빠의 글로
보였다. '정원~ 가정~ 우릴 지으신 하나님~ 성경' 오빠는 멋있게 나이 들고
있었다.

이웃 이야기

결혼 이야기

-외국인 결혼-

"맵고 짜지 않은 한국 음식도 있었네요"

우엔 창은 베트남에서 스무 살 때부터 한국을 동경해 왔다. 가족이 알콩 달콩 사는 한국 드라마를 보면서 자연스레 한국 남성에게 끌리기 시작한 것이다. 남편을 만나게 된 건 이러한 자신의 바람대로 남편이 푸근하고 의지하고 싶은 사람이었기 때문이었다. 나이 차는 좀 있지만 안경 너머 웃는 눈이 맘껏 기대어도 좋을 사람이라는 느낌을 가지게 했다.

생각과 다른 한국생활

한국과 서울, 생각하던 아름다운 집이 아니었 다. 한국말을 알려 주려고 늘 애쓰는 남편을 보며 열심히 살아가려고 노 력했다. 그러나 연로하신 시어머니가 하는 말은 통 알아들을 수가 없었 다. 건강이 좋지 않은 어머니는 이국의 며느리를 배려할 기운이 없었다.

"저기 바구니 가져와라. 바구니, 저기 저거."

우엔 창은 어머니의 손짓을 따라가서 하나씩 들어 보인다.

"이거요? 이거요?"

급기야 어머니는 화를 내시고 어린 며느리는 눈물이 나기 시작한다.

게다가 어머니가 만드시는 음식은 김치찌개, 된장찌개, 청국장뿐이었다. 짜고 맵고 냄새가 많이 나는 음식들이었다. 임신한 우엔 창은 이런 음식이 낯설어 고향 생각에 또 눈물이 났다. 어디 가서 얘기라도 하고 싶지만 누구를 믿고 속을 드러낼지 몰라 답답하기만 했다. 동네 복지관에 가서 한국말을 배우고 있지만 쉽지 않았다. 어렵기만 한 시어머니와 낮 시간을 보내며 "조금만 기다려 주세요, 열심히 공부해서 한국말, 한국문화를 배워 어머니를 곧 시원하게 해 드릴 테니까요"라고 애원하기도 했다.

그즈음, 우엔 창은 복지관서 고향 사람을 만났다. 비슷한 처지라 금방 친구처럼 이야기를 나누게 되었는데, 자신과는 좀 다르게 살고 있었다. 시어머니가 생선전이나 부추전, 야채가 많이 들어간 전골을 해 주는데, 맛있다는 것이다. 또 소고기 야채볶음이나 닭요리는 고향 음식과 비슷해 얼마든지 먹을 수 있다니, 지금까지 한국요리는 모두 짜고 맵다고만 알고 있던 자신의 생각이 틀렸음을 알게 되었다. 우리 어머니는 왜 그토록 완고하신 건가. 어쩌면 다문화를 받아들이는 모습도 세대차가 있는 듯했다.

아이가 태어나니 일은 많아지고 경제적으로 더 어려워졌다. 이래저래

울 일만 자꾸 생겨났다. 그때 남편이 아내를 교회에 데려갔고, 거기서 아기와 가정을 위해 기도하면서 마음을 추슬렀다. 교회에서는 물심양면으로 도움을 주었고, 우엔 창은 한국에 와서 처음으로 따스한 정을 느꼈다. 게다가 아내와 어머니 사이의 갈등을 풀기 위해 남편이 분가를 결정하여 이제는 마음에 여유도 생겼다.

우엔 창을 지켜본 교회 전도사는 "참 총명한 사람이에요. 어려울 텐데 매주 아이와 성경구절을 외워 와요. 성실하고 열의가 있는 엄마예요"라고 칭찬한다. 그간 열심히 공부해 베트남어와 한국어 기본 통역 자격증을 받은 우엔 창은, 자신이 한국에 처음 와 애쓴 경험을 살려 고국에서 오는 사람들의 통역도 해주고, 자리 잡아 살도록 돕는 역할을 하고 싶어 한다.

"한국말을 자연스럽게 잘하려면 한국 친구가 있어야 해요. 좋은 한국 친구를 갖고 싶어요."

어린 나이에 먼 곳으로 시집 와 낯선 말과 문화 속에서 아이를 낳아 기르며 한 걸음씩 자기 자리를 잡아가는 우엔 창이 활짝 웃는 그날을 그려본다.

스스로 품격을 갖지 못하는, 일그러진 우리의 자화상을 어떻게 세워갈까. 이기주의가 교양을 입을 수는 있는가.

안 믿는 가정에 시집가기

현영은 결혼을 진지하게 생각하는 20대 후반이다. 기독교 가정에서 자라 온 현영이 믿는 사람과 결혼하는 것을 주위에서는 당연하다고 여겼다. 그러나 현영이 만나고 있는 남자친구는 신앙에 별로 관심이 없는 사람이다. 함께 스포츠를 하며 여가를 즐기다 햇수가 지나니 슬슬 고민이 되기 시작했다.

부모님은 딸에게 우선 복음부터 전해야 한다며 만일 안 믿는 가정에 들어갈 경우, 한 번도 본 일이 없는 명절 분위기와 제사 등을 각오해야 한다고 하셨다. 그 당시 현영은 불확실한 앞날과 전혀 경험해 보지 못한 제사 문화를 미리 염두에 둘 생각은 아직 없었다. 하지만 객관적인 관점에서 바라보며 질문해 보게 되었다.

교회 청년부엔 남성이 적은데요

교회의 어떤 모임이든 남녀 비율을 보면 여성이 훨씬 많고 청년부도 마찬가지인데, 믿는 사람들끼리의 결혼이 숫자상 어렵지 않겠는가.

어차피 안 믿는 청년과 결혼하는 경우도 생길 수밖에 없다면, 교회는 이런 결혼에 대해 부정적인 말보다 적극적이고 자상한 가르침을 주어야 하지 않을까.

기독교인 여성을 새 가족으로 들여서 안 믿는 가정이 신앙을 가지게 되는 일 또한 하나님이 기뻐하실 일이 아닐까.

이런 질문을 하는 현영에게 대선배인 사라 선생은 그동안 자세하게 드러내지 않던 자신의 살아온 이야기를 들려주었다.

안 믿는 시댁 섬기기

모태 신앙인 사라 선생은 30년 전 안 믿는 가정에 둘째 며느리로 들어갔다. 남편과는 보람 있고 의미 있는 삶을 꾸려가자는, 삶의 철학과 인생관이 맞아 결혼에 골인했다. 그런데 첫 번 명절부터 추석 차례 음식을 장만하면서 혼란이 왔다. 여러 형식이 따르는 생소한 제사상, 그 앞에서 거북한 마음을 감출 수 없었다. 더욱이 그 시간 친정에서는 다 함께 모여 앉아 감사기도를 할 생각을 하니 마음이 복잡할 수밖에 없었다.

명절을 맞아 한자리에 모인 친정식구들에게 엄마가 말씀하셨다.

"이젠 안 믿는 가정으로 선교를 간 사라를 위해 가족모임 시간을 맞추어야겠다."

그리고 사라에게는 "이왕 그 댁으로 갔으니 음식을 만드는 일부터 성의껏 돕고 더 부지런히 살라"고 하셨다. 신앙에 어긋나지 않게 처신하되 기도하는 마음으로 모두를 대하라고도 하셨다. 그날 이후 사라 선생은 직장을 다니면서도 시댁의 모든 대소사에 빠짐없이 최선을 다해 참여했다. 자신의 행동이 예수 믿는 사람으로서 무언의 전도가 될 수 있음을 마음에 담고 성실히 제몫을 해내기로 다짐한 것이다. 그리고 그 기간이 곧 지나갈 줄 알았다. 남들의 간증처럼. 하지만 이번 추석도 어김없이 음식을 장만하고 차례를 지내기 위해 일찍 서둘러야 했다.

여성으로서 기독교계의 걸출한 인물로 알려진 사라 선생이 긴 결혼 기간 동안 이렇게 안 믿는 가정의 일들을 다 감당하고 살았다는 것을 아는 사람은 별로 없었다. 현영은 선배의 이야기를 들으며 각오를 새롭게 했지만 다른 한편으론 '가정 선교'가 평생 걸리는 과제 같아서 마음이 편치 않았다. 그러나 가야 할 길이라면 앞에서 맞서거나 뒤로 빠지는 모습보다는 어울려 잘해 나가는 것이 신앙인의 자세임을 깨달았다.

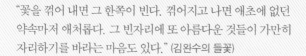
"꽃을 꺾어 내면 그 한쪽이 빈다. 꺾어지고 나면 애초에 없던 약속마저 애처롭다. 그 빈자리에 또 아름다운 것들이 가만히 자리하기를 바라는 마음도 있다." (김완수의 들꽃)

누가 더 밑졌나

경인은 상하이서 중국어를 공부하고, 하와이서 외국인 영어 교육을 꽤 오래 해 왔다. 그러다 보니 착하고 예의바른 아가씨가 노처녀가 되어 버렸다. 부모님은 어느새 40줄에 앉은 딸을 보며 알게 모르게 한숨을 지었다. 주변 사람들 중에서 걸맞은 남자를 찾으려 했지만 쉽지가 않아 여기저기 신랑감을 수소문하고 다녔다.

  A씨 - 하와이 대학 강사로 문화가 맞음

  B씨 - 의료 종사자로 부모님끼리 알 만한 사이임

  C씨 - 같이 공부하는 사람이라며 한 번 데리고 온 적이 있음

부모님은 A 씨가 실생활에서 딸과 잘 맞을 것 같아 소개를 받은 후부터

적극 밀고 있었다. 그런데 딸은 "좋아는 보이는데 왠지 마음이 안 간다"는 것이었다. B 씨도 한 번 보더니 부담이 된다고 거리를 두었다. 세월은 그렇게 흘러 해를 넘기고 있었다.

"어떻게 할 작정이냐? 날마다 공부만 할 수도 없고…."

경인이 드디어 입을 열었다.

"방학 때 만나 보고 올 사람이 있어요."

"누구?"

"지난번에 보신 적이 있는 친구요."

"일본 사람? 나이가 어리다고 하지 않았니?"

"네. 지난번에 보시고 반응이 없으셔서 그 사람한테 포기하라고 하고, 저도 마음을 접고 있었는데 다시 연락이 됐어요."

"그때 왔을 때 그렇게 마음에 두고 있는 사람이었어? 그 일본애가? 우리랑 안 맞을 텐데."

"저도 엄마아버지가 안 좋아하시는 거 같아서 접으려 했는데 지워지지가 않아요."

"그래?"

드디어 경인이 C 씨를 다시 만나고 와서 결혼 일정이 잡혔다. 그러나 부모님은 여전히 주변을 의식하며 조용히 결혼을 준비했다. 외국 남자, 그것도 연하라는 마음 때문이었다.

결혼식 날, 하객들은 노처녀의 짝꿍에 호기심이 만발했다. 외국인이라는데 어떻게 생긴 사람일지(C 씨는 일본인이지만 미국 시민이라 영어식 이름이었다) 말들이 많았다. 드디어 경인보다 몇 살 어린 C 씨가 수줍은 미소년의 얼굴로 생글거리며 나타났고, 신랑의 부모는 고상한 영어로 인사하며 멋지게 등장했다.

아, 경인이는 복 받았네. 마냥 순수해 보이는 신랑에다 예의 바르고 우아한 시어머니, 활기차고 친절하게 인사를 주고받는 시아버지, 게다가 일본인으로는 드물게 기독교 가정이라니….

누군가 신랑의 부모에게 물었다.

"아들 내외가 어디서 살길 바라세요?"

"저희는 상관없습니다. 지금은 아들 직장이 일본에 있으니 거기서 살겠지만, 한국에서 지내도 되고, 하와이에 온다면 그것도 환영합니다."

잠깐 생각해 보자. 우리가 그분들 입장이었으면 어땠을까? 외아들이 연상의 외국인과 결혼한다면 이만큼 부드럽게 받아들일 수 있을까? 경인의 부모님은 2년 전 그 친구를 보았을 때, 외국인이라는 선입견으로 아예 관심을 주지 않았는데. 그날 이후 지인들은 말했다.

"반대는 그쪽에서 할 뻔했어요. 신랑 부모님이 흔쾌하게 받아준 것에 감사해야겠어요."

품는 일, 변화에 적응하는 훈련을 받는 게 나이 드는 일이다.
괜찮다, 그럴 수 있다, 더 잘됐다, 이런 말을 하는
훈련이 필요하다.

말대로 되었어요

미혼의 30대 중반은 자신의 결혼관을 점검할 중요한 길목이다. 결혼할 기회를 잃지 않으려면 배우자의 조건을 단순화하든지, 수동적인 자세로 결혼에 대해 반신반의하며 '연분'을 기다려 점잖게 있기로 하든지 둘 중 하나를 선택해야 한다.

　여기서 후자 쪽은 "괜찮은 사람은 이미 짝이 있다, 신앙이 있는 남자는 가뭄에 콩 나듯 한다, 나이 든 남자도 어린 여자를 좋아한다"며 의기소침 해하지만, 소망을 품고 '한 사람'을 찾는 사람은 자신이 중요하게 여기는 조건들만 가지고 마음을 연다.

두 마리 토끼를 잡을 거예요

　　　　　서른네 살 세나는 유학을 떠나며 결혼을

걱정하는 부모님께 이렇게 말했다.

"두 마리 토끼를 잡을 거예요. 공부와 결혼, 둘 다를 위해 기도해 주세요. 신앙 있는 좋은 가정의 사람이면 국적을 가리지 않고 만날 거니까요."

딸을 믿는 부모님도 그러라고 하며 선택을 존중하겠다고 했다.

그렇게 떠난 지 6개월이 되어 부모님께 여행을 오시라는 연락이 왔다. 게스트하우스 사용을 비롯해 여러 여건들이 좋은 시즌이고 만나 볼 사람도 있다는 것이었다. '아니 벌써?' 딸과 함께 공항에 마중 나온 청년은 영어를 잘하는 동양인이었다. 그날 밤 그동안 말을 아껴오던 세나가 처음부터 지금까지의 스토리를 쭉 엮어 주었다.

학위를 목표로 삼고 전력을 다해 공부를 시작해야 하는데, 누구나 그렇듯이 은행개설, 병원 정하기, 교회 알아보기, 잡화 쇼핑 등 일들이 많이 있었다. 그런데 자동차가 없어 난감한 순간에 한 남학생이 친절하게 하나씩 안내해 주었다. 영어를 잘하는 그 친구는 중국계 브루나이 사람이라고 자신을 소개하며 여러모로 도움을 주었다.

브루나이를 찾아보니 보루네오 섬 북부에 있는 나라로 석유 생산국이며 이슬람 신앙이 강하다고 나와 있었다. 생소한 나라인데다 신앙도 안 맞을 거라고 여겨 그간의 호의에 적당히 사례하고 지나가려는데, 그 친구 말인즉, 세나가 학교에 도착하던 첫날부터 눈여겨보았다며 자기의 진심을 알아달라는 것이었다. 게다가 부모님은 영국서 유학한 분들로 독실한 그리스도인이어서 아들이 신앙 좋은 배우자를 만나도록 늘 기도하고 계시다는 것이 아닌가.

신앙의 가정이면 된다고 했더니

세나는 다가오는 그 친구를 다른 때처럼 밀어내지 않고 바쁜 중에도 한 단계씩 알아가기로 했다. 나이가 네 살이나 어린데도 그 친구는 아무 상관 없다고 했다. 한국을 좋아한다고 했다. 세나가 원하면 어느 나라에서든 살아도 좋다며 그렇게 되기 위해 학위과정을 확실하게 공부하자고도 했다. 생각해 보니 유학을 떠나면서 신앙의 가정에서 자란 남자면 국적 가리지 않고 사귀겠다고 한 기억이 났다.

세나가 마음의 문을 열자 남자 친구의 부모님이 만나러 오시겠다고 바로 연락이 왔다. 그러면서 세나의 부모님도 그에 맞춰 오실 수 있으면 좋겠다고 했다. 그분들은 공직에서 일하고 있었으며, 일찍 서양학문을 공부하여 열린 사고방식을 가지고 있어 아들에게도 유학의 여건을 만들어 준 것이었다. 주변에선 세나가 "브루나이 귀족 집안에 들어가게 되었다"고 말했고, 그럴 때면 세나는 "이슬람이 대부분인 나라에서 기독교를 믿는 집이니 귀족이 맞다"고 응수했다.

세나의 나이로 보면 좀 늦은 감이 있지만 결혼은 빠른 속도로 진행되어 갔다. 사윗감 얼굴을 익히고 나서 바로 상견례를 하고 뉴질랜드를 한 바퀴 여행하고 나니 결혼식 준비만 남았다. 한국을 좋아하는 그들은 한국의 교회에서 한복을 입고 예식을 하고 싶어 했다. 결혼식 외에 다른 절차는 다 생략하고, 생활하는 데 필요한 것은 그쪽에서 다 알아서 한다면서.

30대 중반에 유학을 떠나는 딸을 보며 복잡하던 머리가 한순간에 가벼

작은천국 FAMILY

워진 세나 부모는 '공부와 결혼 두 마리 토끼를 잡게 된' 이 상황이 놀랍고
감사할 뿐이었다.

가파른 물길을 좋아하는 물고기들은 고인 물의 고요를
맛보지 못한 채 세월을 건너뛰고, 고인 물에서 노는 물고기는
가파른 물길을 만나면 숨이 차 육지에 기어오르려 발버둥 친다고
한다. 이 둘을 모두 연습할 수 있으면 좋겠다.

자녀로 인해 마음 문 여는 한국 부모

가을, 결혼 소식이 줄을 잇는다. 올해 말까지 열 건, 그 가운데 두 가정이 외국인 가정과 혼사를 맺는다. 한 가정은 원난 성 출신의 신랑, 다른 쪽은 네덜란드 신랑이다.

군이 조선 말기, 대원군의 외국인에 대한 극 보수적인 성향을 예로 들지 않더라도 우리는 유독 다른 나라 사람에 대해 선을 그어 왔다. 그런 우리의 자녀들이 외국인 신랑신부들을 데려오고 있는 것이다.

마음에 둔 사람이 있어요

예원이는 모범생 외동딸로 컸다. 고등학교 때 호주로 유학 가서 영어와 다른 나라 문화를 배우느라 힘들어하면서도 늘 "괜찮다"며 부모에게 감사했다. 대학 전공도 졸업 후 실제로 할 일을 생각하며 호텔경영학을 선택했다. 호텔을 잘 경영하려면 레스토랑이 중요하다며 밑에서부터 일을 배워 주방장 자격까지 얻었다. 이제 결혼할 나이인데….

부모는 귀국을 종용해 준비한 후보들을 만나게 했다. 예원은 한 명씩 다 보고 나서 부모님께 할 말이 있다고 했다.

"소개시켜 주신 분들을 믿고 성심껏 만났어요. 좋은 분들이고 오히려 제 분수에 넘치기도 해요. 하지만 마음이 안 열려서 왜 그런가 생각해 보니 저와 함께 일하는 중국인 친구가 마음속에 있더라구요."

"뭐라고?"

"저도 다른 나라 사람이라 지금껏 마음을 열지 않고 있었는데, 이번에 선을 보면서 깨달은 거예요."

이렇게 충격적인 말을 던져놓고 다시 한국을 떠난 예원은 "엄마, 정말 좋은 사람이야. 내 마음을 잘 알아주고 사업 파트너로도 만족해. 엄마아빠가 외국인이라는 점에 대해서만 마음 문을 여시면 결혼하고 싶어요"라며 설득에 나섰다.

"아, 우린 애가 하나인데"

　　　　　그 후, 윈난 성에 많은 친척이 모여 하루 온종일 결혼 잔치를 벌였다. 문화가 다르나 친절하고 따스한 정이 우리의 옛 모습과 비슷했다고 한다. 이 가을, 여기서 결혼식을 치르고 나면 예원은 완전히 부모에게서 독립하여 세상 밖으로 나갈 것이다.

좋다더니 - 안 한다더니 -?

미성은 디자인을 공부하는 멋진 대학생이었다. 친구들과 미팅하는 자리에 파란 눈의 조엘이 나온 건 이례적인 일이었다. 짧은 한국말로 자기는 네덜란드에서 한국 문화를 배우러 연세대 어학당에 유학 온 사람이라고 소개했다.

외국 경험이 없는 미성과 짝이 된 조엘은 조용히 그러나 적극적으로 따라다니며 관심을 표현했다. 미성 역시 짧은 영어를 시도하며 의사소통이 이루어진다는 데 경탄했다.

"엄마, 우리 집에 외국 친구 데려올까?"

"어? 어떡하려고?"

"한국 가정에 와 보고 싶대."

이렇게 친해진 친구 사이가 대학을 졸업하며 결혼 얘기까지 나오게 되었다.

"좀 빠르지 않니? 너 외국 나가서 살 수 있겠어?"

이런저런 말을 해 봐도 두 사람은 결혼을 밀고 나갔다.

"그래, 애도 착하고 성실하니 네가 좋다면 그래야 할까 보다."

승낙하자 곧 네덜란드에서 신랑 부모가 오신다 하고, 웨딩 사진도 찍었다. 그런데 갑자기 딸이 "엄마, 나 디자인 공부한 거 여기서 한번 일해 보고 싶어. 지금 결혼해서 외국으로 가고 싶진 않아" 하는 것이었다. 난감한 순간이었다. '외국인과의 결혼을 이해시키느라 가족들한테 얼마나 많은 설명을 했는데….' 그러나 이 상황 역시 딸의 마음을 존중해 주어야 할 것 같았다.

"그래, 좀 서둘렀지."

미성 엄마는 이곳저곳 전화를 돌려 사정을 알렸다.

그로부터 6개월이 지나고 다시 이상한 기운이 돌기 시작했다.

"엄마아빠, 우린 아무래도 결혼해야겠어요. 이만한 사람을 다시 만날 거 같지도 않고, 이젠 마음의 준비가 됐어요."

"그래, 네가 좋다면 그래야지."

부모는 자녀를 위해서라면 그동안 가져온 가치관이나 자존심이 그리 중요하지 않은 모양이다.

아이들의 상대를 만족하기 쉽지 않은데….
탄력성 있는 마음과 눈으로 안아야 한다.

- 이런저런 생각들 -

결혼식, 변하는 세대에 맞춰!

자녀의 결혼을 앞둔 동선 씨는 여러 결혼식에 참석하면서 생각에 잠겼다. 많은 비용을 들여 애써서 준비했을 텐데 치러지는 예식은 무언가 미흡했다. 어떤 때는 하객들의 이야기 소리 때문에 예식에 집중할 수가 없었고, 또 어떤 때는 노래방 분위기의 녹음 음향이 전체 분위기를 이끌었다. 화려함이나 외적인 풍성함보다 의미 있고 되새길 만한 결혼식을 추구하는 건 모두의 바람일 텐데 이처럼 가벼운 분위기로 나타나는 예식이 안타까웠다. 그러나 이러한 풍조를 지닌 젊은 세대의 선택 앞에 고전적인 스타일을 선호하는 부모의 안목이나 훈수가 얼마만큼이나 소용이 될까.

결혼식은 신랑신부 맘대로 아닌가요?

요즘 주례 없는 결혼식을 몇 번

가 보았다. 신랑과 신부의 동영상을 보여 주며 서로의 사랑을 서약하는 편지를 읽고 신랑신부에게 이런저런 익살스런 요구를 했다. 성인 남녀의 선택으로 이루어지는 결혼과 예식에 무엇이 문제가 되겠는가.

하지만 동선 씨는 '나만의 스타일'을 강조하는 예식이 예복을 차려 입은 분위기에도, 일생일대의 결혼식으로 간직해야 할 진지함에도 못 미친다고 여겼다. 그러고 보니 근래 새롭게 시도하는 결혼식들이 서양에서 보던 결혼식과 피로연을 합친 변형 같았다. 그들은 보통 교회당에서 목사님의 집례로 하나님 앞에 서약하고 난 후, 피로연장으로 옮겨 노래하고 춤추며 부모님께 감사하고 사과도 하며 화해와 이별을 고하는 순서들을 가지는데, 시간과 공간이 여유롭지 못한 우리의 실정에서 이 둘을 짜 맞추는 결혼식 형태가 나온 게 아닌가 싶었다.

앞으로 우리 젊은이들은 이런 피로연 중심의 자유로운 결혼예식 형태를 선호하게 될지도 모른다는 생각이 들었다.

어떻게 멋지게 절충할까?

그러면 어떻게 멋지게 절충해 나가야 할까? 우선 결혼식에도 진행 주제가 있어야 한다. 고전적이든 현대적이든 아니면 절충적이든.

고전적인 결혼예식이 중심이면, 진행자가 엄숙하고 진지한 분위기로 이끌며 옆 사람과 대화를 나눌 사람은 밖에서 하도록 부탁해야 하지 않을까. 이때는 음악도 클래식 연주이고 축가도 거기에 맞추는 게 조화로울 것이다. 반면 신랑신부의 의지로 주례 없는 자유로운 분위기로 예식을 치르고 싶다면 개성 있는 자신들의 예식으로 남기기 위한 준비를 더욱 철저히 해야 할 것이다.

앞으로 절충식이 결혼예식의 대세일 거라고 보는 이유는 요즘의 예식장들이 초현대식 인테리어로 파티장을 떠올리게 하기 때문이다. 엄숙한 결혼예식보다는 신랑신부를 주인공으로 콘서트나 쇼를 진행하는 환경을 만들고 있다. 어두운 배경에 스포트라이트를 비추듯 강렬한 분위기에서 어떤 순서로 결혼식을 진행하게 될까.

그런 공간에서는 하나님 앞에서 결혼을 서약하는 순서는 진지하고 간소하게 진행하고, 자유로운 피로연 분위기가 지금보다 길게 이어지지 않을까. 이런 때일수록 주례자는 간략한 메시지를 명료하게 전달해야 할 것이다.

마음을 함께 공유하는 것은 축복이다. 큰일을 앞두고
대화하는 가정, 스마트한 젊은이의 모습은 새로운 가족을
맞이할 마음을 준비하는 부모에게 선물이 될 것이다.

결혼예비공부의 첫걸음

결혼을 앞두고 민준은 '예식' 준비로 이리저리 바쁘고 머리가 복잡하다. 파트너와 함께 새롭게 살아갈 '결혼생활'에 대해 좀더 실질적이고 구체적인 마음의 준비를 해야 할 것 같은데, 구름에 붕 떠 있는 느낌 속에 날짜가 지나가고 있었다. 하얀 피부의 자상한 그녀가 일생을 함께해 주겠다는 말에 가슴이 벅차 '잘해 주겠다'고 마음먹지만 그것으로 다 되는 것인지….

어떤 점에 끌렸나?

예비 신랑신부는 마침 교회 결혼식 준비 과정 속에 결혼예비공부가 있어 기꺼이 참여하게 되었다. 상담자는 상대방의 어떤 점에 처음 끌렸는지를 물었다. 생각해 보니 민준은 그녀의 깔끔한 이미지와 자신을 자상하게 챙겨 주는 자세에 매료돼 이 자리까지 오게 되었음을 깨달았다. 파트너는 민준이 만나는 내내 편안한 사람이어서 결혼을 결정했다고 말했다.

상담자는 사귀는 동안 느끼던 장점들이 실생활에서는 또 다른 부정적인 면으로 보일지도 모른다고 말했다. 그래서 결혼생활로 들어가기 전 그 양면성이 있음을 아는 것이 큰 도움이 될 것이라고 조언했다.

이어 상담자가 다시 물었다.

"그 깔끔하고 자상한 아내가 '양말은 벗는 즉시 세탁기 앞의 바구니에 갖다 놓고 화장실 청소는 매일 할 것. 그리고 셔츠는 이렇게, 넥타이는 이걸로 할 것' 등등 남편을 따라다니면서 자기 스타일의 규칙을 만들면 어떨까요? 아니면 그 반대로 깔끔하고 자상한 아내가 집을 깨끗이 정리하느라 늘 여기저기를 닦고 다녀서 편하게 앉지도 못하게 하고, 말끔한 다림질과 입맛에 맞는 요리를 하느라 정작 남편에게는 관심을 갖지 못한다면 어떨까요?"

두 사람은 마치 그런 그림이 그려지는 듯 서로를 마주 보았다.

민준이 편안한 사람이어서 좋다는 파트너에게도 상담자는 이런저런 확률을 짚어 주었다.

"그 편안한 남편이 어쩌면 집 안에 물건을 늘어놓고 살면서 그게 편하다고 그냥 두라고 하는 스타일일 수 있고, 시댁이나 친구들과의 관계 속에서 결정을 내려야 할 때 웃는 얼굴로 우유부단한 태도를 취할 수도 있지 않을까요?"

장점과 약점은 손바닥 앞뒤

달콤한 사랑의 감정으로 결혼에 임하지만 거의 모든 게 드러나는 실생활에서 이처럼 장점은 문제점이 될 수도 있다는 것을 처음으로 느끼는 순간이었다. 그러면 이를 어떻게 대처해 나가야 하나.

상담자는 이와 같이 끌리던 장점에도 '양면성'이 있음을 깨닫는 것이 중요하다며 이것이 사람을 객관적으로 이해하는 첫 단추라고 설명했다. 또한 장점이라고 여긴 것이 문제가 되지 않게 하려면 그것이 지나치게 강화되지 않도록 서로 조심스럽게 그런 점을 표현하며 조절해 나가야 한다고 말했다.

예를 들자면, 일에 집중하는 사람은 옆 사람이 외로울 수 있고, 튀는 매력의 사람은 불안을 야기할 수 있으며, 정이 많은 사람은 그것이 바깥으로 새어 나갈 수 있다. 그리고 매사에 진지하고 성실한 사람은 지루할 수 있고, 너무 완벽하려고 애쓰는 사람은 건강에 해로울 수 있다. 그러니 이런 사실들을 염두에 두고 서로 주의해야 할 것이다.

아가페 사랑을 배워 가는 곳, '가정'

남녀가 에로스 사랑으로 연애하고 결혼생활을 시작하지만, 그 단순한 사랑이 숨을 데 없는 공간과 시간 속에서 이해하고 인내하는 사이에 점차 아가페의 사랑으로 성숙되어 가는 것이 '가정'이다. 서로를 이해하기 위해 객관적인 눈을 갖고 상대방을 바라보는 게 실생활에서 그만큼 중요한가 보다.

내 아들을 나처럼 보는 애가 나타났다.
장점을 그리 잘 알다니 놀랍다. 이제 서서히 약점도 보이거든
기도하며 도와줘라.

"엄마는 현모양처가 장래소망이었어"

30대들의 '결혼 사보타주(?)'가 여기저기서 얘깃거리가 되고 있다. 적령기를 넘긴 남자도 많고 여자는 더 많아 어떻게 문제를 풀어가야 할지 가정마다 고민이다. 사회적·국가적 뒷받침은 큰 틀에서 차츰 제도적 장치가 마련될 거라고 믿어도 현 시점에서 그들을 어떻게 이해해야 할지가 우리의 과제다.

최근 한 아버지가 보내온 메일에 답하며 한동안 살아온 우리의 마음자세를 돌아보게 되었다.

"딸과 아들을 둔 60대 아버지입니다. 신앙의 가정을 이루고 아내와 열심히 두 아이를 키워 왔습니다. 그런데 대학원을 졸업하고 직장생활을 하며 30대 중반이 된 딸아이가 결혼에 대한 진지함이 없어 보입니다. 남자를 소개받는 일에 별 성의 없는 모습이 결혼에 대한 성숙되지 못함을 드러내는 것 같아 안타깝습니다. 아들 역시 외국서 대학원 공부를 하고 있는데 비슷한 상황입니다. 제가 아버지로서 마음을 어떻게 가지고 어떻게 조언해야 좋을까요?"

행복해하던 순간들

아이들이 자라며 공부를 잘해 오면 얼마나 기쁜지 모른다. 숙제라도 해야 한다면 집안일은 고사하고 아이들이 해야 할 일까지도 부모들은 기꺼이 대신 해 준다. 아이들의 좋은 성적은 모두의 성과물이고, 상급학교에 진학하고 직장을 들어갈 때의 기쁨은 가족의 자랑이고 성공담이었으니까.

게다가 어머니들은 "나는 이렇게 살았지만 너는 공부도 많이 하고 좋은 직장 다니며 너의 세계를 가지라"고 암암리에 그쪽으로만 몰아간다. 이런 삶의 가치관에 비슷하게 맞추어 서른 살까지 행복하게 경제적·사회적 보상을 가져온 아이들이다.

역으로 희생과 인내, 기다림 속에 가부장 사회의 중턱에서 갈등하는 엄마의 모습은 아이들이 '나는 엄마처럼 살지 않겠다'는 내적 결심을 하고 자기의 갈 길에만 전념하게 만든다. 이래도 저래도 현재의 상황은 앞선 세대의 결과로밖에 볼 수 없는 것 같다.

여기에 인터넷과 매스컴의 지나친 정보들은 삶 자체에 부정적 시각을 갖게 함으로써 젊은이들이 사람에 대한 자연스런 사랑의 감정보다 판단하려는 자세를 취하게 한다. 결혼에 대한 너무 예민한 조심성도 사람을 만나지 못하게 하는 이유가 된다. 주변에서 불화와 깨어지는 가정 얘기를 심심찮게 듣게 되니 젊은이들이 가정을 이룰 자신을 점점 잃게 되는 것은 아닐까.

어떻게 도울 수 있을까?

우선, 지금껏 열심히 살아온 것에 대해 충분히 인정해 줘야 한다. 앞선 세대의 모델들이 좋지 않아 겪었을 마음의 갈등을 이겨낸 용기 그리고 지금도 계속되는 노력들이 훌륭하다고 말이다.

그리고 어른들은 반성해야 한다. 가정의 소중함을 가정 안에서 잘 가르치지 못했다. 함께 맞춰 사는 일이 힘들지만 보람 있고 행복하다는 것을 가정생활 속에서 자연스럽게 보여 주지 못했다. 부부가 사랑하는 모습은 감춰지고 갈등하는 모습은 드러났으며, 힘든 생활은 보이고 의미 있는 부분을 얘기할 시간은 지나쳐 버린 셈이다.

『꾸뻬 씨의 행복 여행』이라는 책에서 꾸뻬 씨는 추상적으로 행복을 알기 위해 여행을 떠나지만 사람들과 사건 속에서 행복을 구체적으로 깨닫는다. 그중 하나가 옛사랑의 여인이 사는 모습을 본 것이다. 그녀는 '숫자에 능하고 다소 이기적인' 남편과 말다툼을 해가며 그 삶을 열심히 맞추어 간다. 엄마로서 아이들의 정신세계가 기계문명에 오염될까 봐 노심초사하면서 분주하게 살아가지만 가정과 아이들에게 자신이 절실한 존재라는 것에서 삶의 의미를 느낀다. 우리네 사는 모습과 가장 닮은 그 여인은 "행복하냐?"는 질문에 과거의 자신과 비교할 때 근심이 조금 더 많아졌지만 관심을 주고 보살피는 일이 행복인 것 같다고 말한다.

　다 큰 우리의 자녀들에게 이제라도 말해 주자.

　"엄마는 현모양처가 장래소망이었어. 너희를 통해 이루어 가는 걸 감사한다."

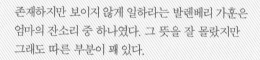

존재하지만 보이지 않게 일하라는 발렌베리 가훈은
엄마의 잔소리 중 하나였다. 그 뜻을 잘 몰랐지만
그래도 따른 부분이 꽤 있다.

성장하는 엄마,
지혜로운 아내

- 가족, 깨달음 -

엄마보다 더 큰 딸

성숙해가는 딸을 바라보는 엄마의 심정만큼 뿌듯하고 벅찬 일이 또 있을까. 어려서는 모든 것을 가르치고 돌보다가 성장한 다음에는 뒤에서 바라만 보는 것도 엄마의 역할이다. 부모보다 더 훌륭해지라는 마음으로 힘을 다해 뒷바라지한 공부….

딸의 진로 선언

순영 씨는 그렇게 키운 딸이 진로 선택을 앞두고 하는 말에 혼란이 왔다. 자신의 이십 대보다 더 예쁘고 많이 배운 애가 큰 결핍 없이 커서 그런지 순수한, 그것도 너무 순진한 말을 하는 것이다.

"엄마, 나는 아무래도 보람 있는 일을 찾아야겠어요. 어려운 사람들을 돕고 잘 안 보이는 데서 봉사하는 그런 일이요."

"좋은 기업에 들어가서도 그런 일을 할 수 있지."

"예를 들면 아프리카나 북한 관련 일을 하고 싶어요."

"언제부터 그런 생각을 했어?"

"좀 됐어요. 그래서 배우자도 나와 뜻이 맞는 사람이어야 할 거 같아요."

'아….' 순영 씨는 속으로 감탄사를 내며 갑자기 머리가 어지러워졌다. '그동안 언어 연수에, 유학에, 힘들여 학비 댄 게 이렇게 되는 건가.' 순영 씨는 마음을 추스르며 다시 정리해 보았다.

'내가 바란 것은 무엇인가? 수입 좋은 번듯한 커리어 우먼, 영악하고 시대에 맞는 유능한 사윗감, 윤택한 가정….' 순간 순영 씨는 딸이 자신보다 더 컸다는 생각이 들었다. 그래도 한 구석이 서운했다. 남들은 멋도 잘 부리고 자연스럽게 사회에 적응해 가던데….

그날 밤, 순영 씨는 남편과 얘기하며 딸의 비현실적인 순진함을 꼬집었다.

"놀랄 말을 하네요. 북한 관련 일을 하고 싶다고."

남편도 긴 한숨을 내쉬었다.

"우린 힘을 다해 여기까지 뒷바라지 해온 거구, 이제부터는 성인으로서 그 애가 자신의 삶을 선택할 때가 온 거 아니겠어?"

"지금은 순수한 마음에 저런 생각을 하지만 나중에 남들과 섰을 때 초라하게 느끼지 않을까 걱정하는 거예요."

그러고 보니 딸은 어려서부터 일을 맡기면 어려워도 군소리 없이 잘해내는 책임감 있고 봉사정신이 강한 아이였다.

"북한에 대해 공부할래요."

다음 날, 딸은 '기부'를 주제로 열리는 세미나에 참석한다며 일찍 서둘러 나갔다. 엄마한테 진로를 말했으니 이제부터는 그런 삶을 시작하겠단다.

순영 씨는 온종일 혼잣말을 했다.

"그리스도인인 내가 기뻐해야 할 일이 아닌가. 고아와 과부를 돕고 가난한 자와 소외된 곳을 돌보는 건 주님 말씀에 맞는 거니까. 그런데 하필이면 북한이야. 그 말도 안 되는 곳."

순영 씨가 주님 앞에 머리를 숙이자 마치 주님이 아신다는 듯 위로의 말씀이 들리는 것 같았다.

"잘 키웠다. 애 많이 썼다."

차마 말하지 못했으나 딸이 이 세대에 맞춰 영악하게 살기를 바라던 자신의 마음이 비춰진 것 같아 부끄럽기도 했다.

"그래, 엄마보다 더 컸구나!"

딸이 주는 얘기들은 참 재미있다. 내가 모르는 세계를 알려주고 보여주기도 한다. 천천히 설명하며 질문할 때 약간의 긴장마저 들며 '엄마보다 더 컸구나' 여겨진다.

"어머니가 달라졌어요"

원희 씨는 다 큰 아들들을 바라보며 스스로 대견함이 솟아올랐다. '아이들이 곧 결혼하고 분가하고 나면 나에 대해 무엇이 기억에 남을까?' 나름 열심히 키워온 것을 뿌듯해하며 질문을 던졌다.

"너희들은 '엄마' 하면 무엇이 생각나니?"

아들들은 "쇼핑하러 돌아다니는 것"이라 했다.

'아니 그거 말고'라고 말하고 싶었지만 자조적인 웃음밖에 나오지 않았다. '그래 그 생각이 나는 걸 어쩌겠나.' 원희 씨는 주재원으로 여러 나라를 다니며 화려한 30대와 40대를 보냈다.

그러다가 남편의 예상보다 빠른 은퇴, 새로운 사업 시작의 과정을 겪으며 자신의 새로운 삶을 가꾸기 위해 애쓰고 있었다.

그러던 중 서울 외곽의 낙후된 곳에서 봉사하는 분이 연락을 해왔다.

"좀 와 보세요. 도와주실 일이 있어요."

뒤늦게 신학공부를 한 지인의 부탁을 그냥 지나치지 못해 생소한 동네를 방문했다. 갈 곳 없는 술중독자들과 퇴역한 집장촌 여인들로 보이는 사람들이 모여 있었다. 서울 변두리에 이런 곳이 있다니! 원희 씨는 '내가 할 수 있는 게 뭐? 돈 좀 주고 가지 뭐' 이렇게 생각하며 그들에게 얼마를 주고 왔다.

그런데 다음 주도 그 다음 주도 그곳을 찾게 되었다. 머리를 다듬고 잘라 주었는데, 쳐다보던 그들의 눈길이 자꾸만 생각이 났다.

한번은 기초생활 수급자로 등록하려다 아들이 살아 있다는 사실을 알게 된 사람을 만났다. 아들을 꼭 한 번 만나보고 싶다고 해서 주소를 어렵게 알아내 평택까지 데리고 갔다. 얼마만인지도 모를 모자상봉, 하루 온종일을 걸려 겪은 낯선 경험을 뭐라 표현할 수 있을까! 그날 집에 돌아오니 거의 자정에 가까웠다. 남편과 아들들이 어떻게 된 일이냐고 묻는데, 그 많은 얘기를 다 할 수도 없어 그냥 눈물만 흘렸다.

그 다음 주도, 그 다음 주도 원희 씨는 그곳으로 향했다. 초점 없는 눈동자의 그들에게 언제까지 가 봐야 하나 하면서. '이번 주로 그만두리라' 마음먹지만 벌써 3년을 매주 가고 있다. '그래, 이번 겨울엔 연탄을 함께 나누자고 주변에 얘기하자.' 아직 한 번도 이런 얘기를 해본 적 없지만 용기가 생겼다. 그들과 만나 뜨끈한 방에서 예수님 얘기를 하면 마음이 따스해졌다.

"때론 짜증내며, 때론 마지막 방문이라 하면서 나서지만, 얼마 전 우리 가족들에게 들은 말은 '어머니가 달라졌다'는 것이에요. 이기적으로 살던 모습에서 이젠 가끔 아닌 모습도 나타나는가 봐요."

원희 씨는 결코 자신이 많이 달라진 것은 아니라고 한다. 하지만 이러한 달라짐이 너무도 귀하게 보였다.

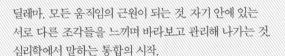

딜레마. 모든 움직임의 근원이 되는 것. 자기 안에 있는
서로 다른 조각들을 느끼며 바라보고 관리해 나가는 것.
심리학에서 말하는 통합의 시작.

우리가 천사가족이라구요?

연미 씨는 지난 건강검진에서 초기 암 진단을 받았다. 오십 년 인생에서 가장 놀랐던 순간이었다. 당황스러운 시간을 보내며 수술을 하고 나니 건강을 위해 새로운 생활패턴을 가져야겠다는 생각이 들었다. 마침 산속에서 일주일간 열리는 자연 건강 프로그램을 알게 되어 먼 길까지 가게 되었다. 그런데 많이 힘든 중환자들이 모여들어 예상한 분위기와는 영 달랐다. 하지만 이미 등록도 다 했고 몇 시간을 달려왔으니 어쩌랴. 그날 밤, 연미 씨는 같은 방을 쓰게 된 모녀를 보며 느낀 바가 많았다. 젊은 딸을 간호하는, 초로에 접어든 엄마의 애틋하고 꿋꿋함, 밤새 괴로워하는 환자의 고통, 지방에 살면서 서울로 진료를 다니느라 이모저모 애쓰는 모습 등은 많은 생각을 하게 했다.

병원 상경의 풍경이 바뀌다

연미 씨는 자신도 암의 경고를 받고 건강 교육 프로그램에 참석했는데, 오히려 그곳에 도우미로 와 있는 듯 그들의 고충을 들어 주고 있었다.

일정을 마치지 못하고 집으로 돌아온 연미 씨는 그 환자의 병원 진료 날, 서울 터미널로 마중을 가겠다고 했다. 병원까지 자동차로 데려다주고 기다렸다가 연미 씨 집에 와 숙식을 하자고 한 것이다. 2박 3일이 걸리는 진료 때마다 병원 근처 모텔 방을 얻어 음식점을 돌며 끼니를 채우던 이들에게 연미 씨 집은 어쩜 정갈하고 쾌적하고 편안한 천사의 집이었을 것이다.

연미 씨가 자신의 이런 뜻을 남편에게 얘기하자 남편은 흔쾌히 이해해 주고 지지해 주었다.

"당신 좋을 대로 해. 화장실 딸린 방이 비어 있으니까 그 방을 쓰면 되겠네."

한 달에 두 번씩 숙식과 교통 문제가 큰 부담이던 지방 환자의 병원 상경은 연미 씨를 만나고부터 완전히 달라졌다. 이왕 서울까지 온 김에 가고 싶은 곳을 말하라 하니 청계천, 삼청동, 서울 나들이를 하고 싶다고 했다.

"우리가 천사를 만났어요"

연미 씨는 그들이 기뻐하고 감격하는 게 좋

아서 몇 달째 돌보고 있었다. 그러던 중 유학 중이던 딸이 졸업을 하고 집에 돌아왔다. 연미 씨는 딸에게 조심스레 물었다. 그런데 딸 역시, "난 서재에 내 컴퓨터 가져가서 지내면 돼"라며 흔쾌히 자기 방을 내주겠다고 했다. 지금껏 철없는 아이로만 알았는데 아빠에 이어 딸도 엄마의 마음을 알아주니 새삼 놀랍고 기뻤다.

"사실, 저는 제 삶에 새로운 의미를 느껴요. 제 작은 섬김에 너무나 크게 감격하는 그분들 모습, 우연히 엉뚱한 곳에서 만난 그들에게 제 마음이 열린 것, 그리고 우습게도 '천사'라는 소리를 듣는 일로요."

연미 씨는 정말 날개 없는 천사 같았다. 연미 씨뿐 아니라 그 가족 모두가 큰일을 대수롭지 않게 해내는 천사들이었다. 게다가 그 환자는 시한부를 넘기고 종양이 작아졌다. 연미 씨는 그 전의 종양과 최근 것을 비교한 기적의 사진을 들고 다니며 자신의 일처럼 기뻐했다.

섬에 가면 막상 섬을 볼 수 없듯 일하는 사람은
자신을 보지 못한 채 일한다.

빈 둥지 추스르기

연아 씨는 잘 자란 20대 딸을 바라보기만 해도 가슴 벅차다. 열심히 뒷바라지한 열매이기도 하고, 그 이상이기도 한 딸이 흐뭇하고 고맙다. 엄마와 달리 감성이 풍부하고 새로운 세계를 만나 집중하는 걸 보면 부럽기까지 하다. 얼마 전부터는 성경말씀을 읽고 공부하더니 몇 개월 만에 생활방식이 완전히 달라졌다. 이른 아침을 큐티로 시작해 삶에 대한 가치관이 확실해진 딸을 엄마가 따라가기 힘들 정도다. 그런데 한 가지 안 바뀐 게 있다.

엄마 순위는 몇 번째?

그전에도 밖에서 다른 사람들에게는 매너 있게 대하면서 엄마한테는 냉정하게 굴더니, 이젠 소소한 하소연이라도 좀 할라치면 "기도해 보세요, 엄마가 스스로 생각해 봐요"라며 두 말 못하게

만든다. '그래, 이젠 기도하라는 말로 나에게서 도망치는구나.'

게다가 여유 있게 차도 마시면서 시간 좀 갖자고 하면 성경공부 한다고 시간이 없다 하니, '하나님께 완전히 밀렸구나' 하는 생각이 든다. 지금껏 딸아이가 행복하다면 못할 것이 없다고 자신하며 살아왔는데, 지금 하나님과 순위 겨루기를 하고 있는 자신을 보면 웃음이 나온다.

여러 말이 필요 없어요

새 학기가 되어 해외로 떠날 아이와 남은 날을 잘 보내 보자는 생각에 둘이 교외로 나섰다. 즉흥적으로 하룻밤을 자기로 하고 예쁜 펜션을 찾아 굽이굽이 길 안내를 따라 갔다. 그런데 포장이 제대로 안 된 길로 들어서더니 좁은 벼랑으로 가는 것이 아닌가. 차를 돌려야 하는데, 자칫하면 두 여인이 할 수 있는 일이 아무것도 없게 될 수도 있는 상황이었다. 날은 이미 어두워지고, 바퀴는 헛돌고, 내비게이션을 원망해도 소용없고, 자동차 보험이나 남편에게 기댈 수도 없는 깊은 밤이었다.

그때 "주여!"라는 딸의 한 마디 외침이 들렸다. 주여~, 이 얼마나 함축적인 말이던가. 이 복잡한 심정에 연아 씨 귀에 와 닿은 한 마디, 딸을 바라보았다. 그리고 두 사람은 무사히 그곳을 빠져 나왔다.

빈 둥지, 빈 둥지

그날 이후로 딸의 믿음이 더욱 기특해 보였지만 왠지 연아 씨 마음은 점점 외로워졌다. 딸은 단호하게 말했다.

"엄마도 스스로 보람 있는 일을 찾으세요. 나는 내 할 일 잘 알아서 할 거니까요."

연아 씨는 속으로 중얼거렸다.

'네 일 아니면 내가 신나서 할 일이 뭐가 있겠니. 그래, 차차 생각해 볼 게. 그동안 더러 생각해 보긴 했는데 잘 모르겠다.'

이제 연아 씨도 새로운 삶을 시작할 때가 온 것인가. 딸애가 자기 일은 자기가 알아서 하겠다니 '내가 할 내 일은 무엇인가' 이제 정말 고민해 봐 야겠다.

아킬레스건을 사용하시는 하나님

"나도 하나님을 믿는데 딸이 신앙생 활 하는 걸 보니 나랑 깊이가 다른 거예요. 먼저 된 자가 나중 되고 나중 된 자가 먼저 될 수도 있다고 하더니 꼭 그걸 보는 느낌이에요. 딸이 원하 면 뭐든지 했는데, 이젠 기도를 원하니 기도하는 사람이 되어야지요."

연아 씨는 딸을 따라 큐티도 하고 새벽기도도 다닌다. 매일 새로운 깨 달음으로 살아가는 딸처럼 될 수 있을지 시도해 보는 중이다. "너희가 악 할지라도 자식에게 좋은 것으로 줄 줄 알거든 하물며 아버지께서 너희가 구하는 성령을 주시지 않겠느냐"는 말씀을 믿으며.

연아 씨의 아킬레스건과 같은 귀한 딸은 자신이 빠져 나가는 빈 둥지 자리를 엄마가 믿음으로 채우게 하고 새 학기, 자기 세계로 나아가고 있 었다.

헬리콥터 맘

현아 씨는 사춘기를 넘어선 외동딸을 위해서라면 마음이든 물질이든 다 동원해 지지해 주는 엄마다.

"뭐가 문제야? 엄마가 해 줄게."

공부에 관한 것은 물론, 생일이나 크리스마스이브에 친구들과 밤을 지내고 싶다면 모일 장소와 함께 필요한 모든 것을 제공하는 엄마다. 몇 시든, 어디든 데려다주고 기다려주는 '헬리콥터 맘'이다.

보통 엄마들이 아이가 초등학교 때까지 이렇게 하다가 사춘기를 맞으면 더 이상 욕구를 채워줄 수 없어 손을 들게 되는데, 현아 씨는 자신의 모든 힘을 다해 딸아이를 들여다보고 주변을 서성거린다.

"부족함 없이 키우고 싶고, 어떤 고민에도 빠지게 하고 싶지 않았어요."

아이는 든든한 울타리 안에서 우수한 성적을 내며 좋은 학교를 졸업하

고 또 진학했다. 간혹 모녀지간에 의견을 맞추느라 언쟁도 했지만, 엄마
가 그린 큰 그림대로 따라오는 딸이 기특하기만 했다.

그러던 어느 날, 딸아이가 이상한 말을 하기 시작했다.

"뭔가가 비어 있는 느낌이야. 허전해."

"불안하고 공허한 마음 때문에 잘 수가 없어."

"하긴 살아오면서 문득문득 내 맘을 꽉 채워 줄 수 있는 게 없나 생각했
었어."

"엄마, 영화에 나오는 주인공처럼 모든 걸 바치는 사랑을 해 볼까?"

"홍대 앞에 가서 밤새워 춤추고 지칠 때까지 놀아 볼까?"

딸의 넋두리가 이어졌다.

"젊음을 제대로 발산해 보지도 못하고 지나가는 거 같아."

현아 씨는 딸 하나 돌보느라 30대와 40대를 다 지냈어도 기쁘고 보람
있었는데, 이게 웬 말인지. '이제 난 어떻게 해야 하나?' 현아 씨는 남편에
게 지난 세월을 하소연하며 울먹였다.

"나는 애만을 위해 좋은 엄마가 되느라고 애써 왔는데 뭐가 잘못된 거
지요?"

남편과 함께 서로 붙잡고 기다려 보자고 하면서 머리를 짜내 보지만 불
안함은 점점 커져만 갔다. 그간의 수고가 물거품처럼 느껴져 덩달아 잠도
못 자고 맥 빠지는 날들이 계속 되었다.

좋은 엄마가 되려는 욕심

그때 오래 전 붙잡고 살던 하나님이 생각났다. 이런저런 이유로 멀리 하던 교회로 다시 가야겠다는 생각을 한 건 남편이 먼저였다. 가까운 기독교 상담자를 만나 답답한 마음을 내놓으며 현아 씨는 자신과 딸의 모습을 객관적으로 보게 되었다. 성인으로 자라면서 딸은 스스로 세상을 두드려 보고 모험하는 가운데 시행착오를 겪으며 성취감을 얻어야 했는데, 엄마가 중간에서 그 모두를 대신해 온 것이다. 그러다 보니 그림자처럼, 아니 플래시 빛처럼 길을 비추며 목표를 향해 함께 달려와 기대대로 잘 되었는데도 딸은 큰 보람을 느낄 수 없었던 것이다. 어쩜 현아 씨는 좋은 엄마로 인정받고 싶은 욕구가 넘쳐 있었는지도 모른다.

절대적인 세계를 추구하는 딸

딸의 마음엔 '절대적이고 완전함에 대한 갈망'이 자라고 있었는데, 엄마는 그게 무엇인지 모르고 있었다. 모든 걸 쏟아 바쳐도 다함이 없는 세계, 딸이 절대적인 세계를 만나고 싶어 마음이 그토록 공허하던 것을 엄마는 따라가지 못하고 있었던 것이다. 성경공부를 시작하며 딸은 마른 땅에 물이 스며들 듯 믿음이 움트며 인생관이 정립되어 갔다.

"공부를 해서 어떻게 살아야 할지 알겠어요, 내 인생이 어디에 초점을 맞추고 살아야 할지 잡았어요."

영특한 아이는 크신 하나님을 만나자 감격하며 기쁨의 예배를 드렸다.

"이젠 엄마가 스스로의 시간을 의미 있게 보내기 위해 기도할 때예요.
저는 제 갈 길 갈 테니까요."

'아, 자녀도 지나치게 사랑하면 우상이 될 수 있겠구나.'

성경말씀을 통해 모녀는 각자의 깨달음으로 새 학기를 준비했다.

다 큰 아이에게도 엄마는 이불과 같다.
더우면 차내고 추우면 끌어 덮는. 그러면서 자신의
자유와 집중세계를 침범당하고 싶어 하지 않는 것.

바나나 며느리, 바나나 어머니

영선 씨는 이번 달이 매우 바쁘고 중요하다. 학위 과정에서 치러야 하는 시험들이 있어 벌써부터 머리가 복잡하다. 온 가족이 공부하는 가정에서 주부마저 학생으로 살아가려니 늘 살림은 기본만 하고 사는 식이다. 그러다가 가끔 시어머니가 오실 때면 식사며 청소며 신경 쓰이는 게 이만저만이 아니다. 이번에도 거의 통보식 연락이 왔다.

"한 열흘 들를 테니 그리 알거라."

"어머니, 저 이번 달 바빠요. 날짜를 다시 정하면 어떨까요?"

"벌써 비행기 표 예약 다 됐다. 나는 신경 쓰지 말고 너 할 일 해라."

영선 씨는 이리저리 궁리를 짜 보지만 학교 스케줄을 어쩔 수가 없었다.

'하는 수 없지….'

영선 씨는 근처 호텔을 알아보았다. 일주일만 어머니가 호텔에 계시면 그런대로 시험 일정이 지나갈 거 같았다. 드디어 어머니가 오시고 이 계획을 알려 드렸다.

"나는 호텔 생활 싫다. 애비랑 손주 보러 왔는데…."

영선 씨는 이번 학기 과정을 미루고 싶진 않았고, 그렇다고 다 함께 집에 있으면 할 일을 할 수 없을 게 뻔했다. 그런데 난처해하는 영선 씨에게 어머니가 제안을 하셨다.

"네가 호텔로 가서 지내는 건 어떠니?"

"그럼 어머니, 제가 호텔로 나갈 게요."

영선 씨는 일주일간 호텔에서 공부에 전념했다. 마치고 집에 돌아오니 어머니가 집안 청소며 식생활이며 모든 것을 다 해 놓으셨다. 일주일이 그렇게 잘 지나갔다. 영선 씨는 문득 자신이 바나나 며느리가 되어가는 것 같다는 생각이 들었다. '바나나'라는 말은 겉은 동양인이지만 생활양식이나 사고방식은 서구화된 사람을 가리켜 유학생들 사이에서 하는 말이다.

시어머니의 색다른 주문

영선 씨 시어머니는 예전 영선 씨가 결혼을 준비할 때 색다른 주문을 하셨다.

"우리 집안에 예단하느라 비용 쓰지 마라. 결혼식 비용도 최소로 줄이고 대신 그거 잘 가지고 있다가 아이 갖고 힘들 때 도우미를 적절하게 쓰는 게 좋겠다. 그렇게 하는 게 며느리 너만 위한 것이 아니고 모두에게 좋은 거란다. 이를테면 가정 안에서 엄마가 스트레스를 받으면 아빠도, 아

작은천국 FAMILY

기도 힘드니까 말이야. 안 해 보던 가사일이며 육아까지 매이면 기쁜 일도 짐이 되니까. 대신 필요할 때 도와주는 사람이 있으면 모두에게 여유가 생기지 않겠니. 그게 내 아들 손자 며느리 모두를 위한 거니 부담 갖지 마라."

영선 씨는 이렇게 배려해 주는 시어머니가 놀랍고 고마웠다. 영선 씨 어머니는 영선 씨보다 앞서 바나나 어머니로 살아오신 것 같다.

영선 씨는 20세가 되는 딸과 간간히 나누는 얘기가 있다.

"나중에 아기 맡길 생각은 하지 마. 한두 시간은 괜찮지만 오래 맡기는 건 안 돼."

"아니 엄마, 애기들 좋아하시잖아요?"

"내 양육방식이 너희들과 맞지 않을 수도 있고, 너희도 아이를 직접 키워 봐야 가정의 의미를 잘 알 수 있으니까."

영선 씨가 딸에게 이렇게 말하는 데는 또 다른 이유도 있다. 이젠 자유를 누리고 싶은 것이다. '이 공부만 마치면 여유 있게 나의 일 하면서 살고 싶다. 여행도 다니고….' 영선 씨에게는 벌써 바나나 어머니의 면모가 드러나고 있었다.

기차 안에 마주보고 앉는 것이 부담스러워
'눈길을 피하다'라는 뜻에서 '프라이버시'가 나왔단다.
조금 멀리 내다보는 건 삶을 안전하고 자유롭게 한다.

- 지혜로운 여인들 -

아비가일 같은 여인

M 씨는 강하고 직선적이어서 말이나 행동이 거칠어 보이는 사람이다. 단순한 사고를 가지고 있어 속마음을 숨기거나 하고 싶은 말을 참는 데 익숙하지 않다. 그러다 보니 남에게 충격도 주고 본인도 손해를 곧잘 본다. 그래서 이럴 때마다 그 뒷감당을 해야 하는 건 온전히 아내 몫이다.

그 아내의 별명은 '아비가일'이다. 짐작하는 대로 아비가일처럼 말과 행동이 부드럽고 정직해 자신뿐 아니라 이런 남편까지 사회생활에서 소외되지 않게 하는 역할을 하기 때문이다.

어떻게 하는 걸까?

아내는 남편이 중요하게 여기는, 풍성한 식사 준비와 집에 돌아왔을 때 맞아 주는 일에 최선을 다한다. 육체노동으로 남들보다 많은 열량이 필요한 남편에게 연민을 갖고 대해 주며 매일 새벽에 일하러 갈 때마다 맘껏 격려해 준다.

이렇게 하는 게 어렵지 않으냐는 질문에 "여유 시간에 사진이나 그림을 곁들인 삶의 이야기를 기록하는 일과 이웃을 돌아보는 일이 도움이 된다"고 M 씨의 아내는 말한다. 그녀는 일상의 감사하는 글과 함께 아들에게 마음을 담아 쓰는 편지, 미래의 자부에게 보낼 좋은 글이나 자료를 모으는 작업을 하고 있다. 컴퓨터에 저장도 하고 스크랩북도 만들고. 그러다 보면 경제활동을 담당해 주는 남편에게 고마움과 따스한 마음이 피어난다. 그러다 누군가가 필요하다고 부르면 거의 반사적으로 달려가는데, 주로 노인이나 환자를 위로하는 일이어서 다녀오면 가족과 남편이 더 귀하게 여겨진다.

지혜로운 내조자 역할

한번은 남편이 사람들과 문제가 생겨 사건의 자초지종을 말하는 자리가 있었다. 그때 아내는 "제 남편은 성질이 급하고 말을 직선적으로 해서 다른 이들의 마음을 상하게 하는 면이 있습니다"라고 솔직히 다가가 듣는 사람의 마음을 누그러뜨렸다. "그러나 제 남편은 거짓을 말하거나 앞이나 뒤에서 다른 말을 하는 사람은 아닙니다. 좀 모자라는 점이 있지만 이것만은 알아주시기 바랍니다"라는 말도 잊지 않았다.

이런 아내의 곧고 바른 자세는 문제를 사그라지게 했다. 남편에 대한 객관적인 진술과 문제에 대한 차분한 접근이 바로 '아비가일' 같았다.

아비가일은 남편 나발이 연루된 미련한 사건에 대해 낙심하거나 우물 거리지 않고 용기 있게 다윗에게 나아가 지혜롭게 일을 처리한 인물이 아 니던가. 먼저, 다윗의 화가 가라앉도록 자신과 남편을 겸손하게 낮추며 문제를 풀어가던 모습, M 씨의 아내에게서 그런 모습을 볼 수 있었다.

"저는 주의 은혜로 여기까지 왔어요. 제 힘으로 살려고 했다면 제 남편 을 다독여 살 수 없었을 거예요. 강한 다혈질 기질을 바꿀 수 없어 순하게 다스릴 힘을 달라고 기도하며 살았을 뿐입니다."

남편의 내조자로서 지혜로운 역할뿐 아니라 자신의 시간과 에너지를 적절하게 나누는 모습이 숨은 보석 같았다.

큰 흐름과 소소한 감정을 바꾸지 않기.
양보한 시간보다 5분 더 늦었다고, 티끌 같은 걸 지적하느라
행복한 하루를 던져버린 적이 얼마나 많았던지.

아이와 함께 춤을~

신혼기를 보내고 결혼이 현실로 와 닿은 여성은 곧바로 '엄마가 될 준비'에 들어간다. "지혜는 변하는 공간에 잘 적응해 나가는 것"이라는 누군가의 말처럼.

은성 씨는 편안하고 믿음직한 남자와 기독교 집안인데다 자신을 좋아해 주는 식구들에게 반해 너무 쉽게 결혼을 결정했다. 예쁘다며 모두들 반겨 주니 좀 이른 감이 있었지만 일찍 자리 잡는다는 생각으로 결혼생활의 문을 연 것이다. 두 아이를 낳고 기르면서 사랑하는 법도 배우고 보람도 많았다. 하지만 문득문득 '푸른 시절이 이렇게 다 가는가' 하는 생각이 들었다. 게다가 십여 년의 세월 동안 자신의 정체성을 제대로 갖지 못한 것 같은 느낌마저 들게 한 사건이 있었다.

아나운서가 될 줄 알았는데

　　　　　　　작은애를 데리고 모처럼 서울 시내 나들이를 나갔다. 보이는 것마다 질문을 해대는 아이에게 정신이 빼앗겨 있는데, "어머, 너 은성이 아니니?" 하는 소리에 돌아보니 중학교 때 선생님이었다. 반가워 인사를 나누는데, 선생님이 갑자기 이런 말씀을 하셨다.

　"난 네가 발음도 분명하고 목소리도 깨끗해서 아나운서가 될 줄 알았는데…."

　말끝을 흐리시는 선생님에게서 안쓰러움이 전해져 왔다. '맞아, 그런 꿈을 가졌었지.' 선생님이 그걸 기억해 말씀하신 것도 놀랍고, 아예 잊고 산 자신도 놀라웠다. 그날 은성은 약간의 혼란이 왔다. '내가 너무 안일하게 살아왔나.'

　돌이켜 생각하니 한가하게 있던 때는 별로 없었다. 첫애를 낳고 잘 키우려고 좋은 강의를 찾아 듣고 책도 읽으면서 아이 얘기에 귀 기울이며 하루하루 살았다. 아이가 둘이 되자 어느 애에게도 소홀하지 않으려고 더욱 에너지를 내면서 따라다녔다. 그 모든 노력이 은성 씨에겐 행복이고 보람이었다. 음악에 맞춰 아이들과 함께 춤추며 깔깔 웃어 댈 때는 건강하다는 것만으로도 얼마나 감사했던가.

이제 다음 단계 준비를 해볼까

　　　　　　　은성 씨가 결혼 후 일을 계속하지 않은 데에는 자녀교육과 삶에 대한 나름의 철학이 있었기 때문이다. 만 6세까지 아이의 뇌 발달과 지능의 80%가 이뤄진다는 소리를 듣고 작은애가 초등학교 갈 때까지는 아이들에게 전념하기로 한 것이다.

그런데 우연히 옛 선생님을 통해 '이제 다음 단계를 준비할 때가 되었다'는 신호가 온 것이다. 아마도 그간의 기간이 생각보다 길어서 중간점검을 받는 것 같았다. 그동안 교육방송을 보며 생각하던 일이 하나 있었다. 하루에 두어 시간 정도 프로그램 모니터링을 시작해 보고 싶었다.

엄마에게 맞는 일자리

언젠가 좋은 엄마 코칭을 통해 들은 '여유 시간만큼 일하는' 영국의 크리스천 엄마들 얘기가 생각났다. 최고의 대학에서 공부하고도 기꺼이 가정을 돌보는 것을 주된 일로 삼는 그 여성들은, 건강한 가정을 지키기 위해 그렇게 했다. 그러면서 여유 시간만큼만 자신에게 맞는 일자리에서 적은 보수를 받고 기꺼이 일했다. 그것은 일자리가 부족한 사회에서 다른 가정의 가장을 위해 양보하는 일이기도 했다.

은성 씨는 자신의 삶이 다시 정돈되는 느낌이 들었다. 그간의 삶이 생각 없이 지나간 게 아니었음을 확인하고, 이제부터 약간의 일을 시작하기로 마음먹었다. 아이들과 남편을 위해 기다려주는 사람으로서, 바깥에서 있었던 일을 실컷 얘기하는 '우리 집 분위기'를 유지하려면, 엄마는 덜 바빠야 된다고 생각을 정리하면서 말이다.

50대 여성의 과제

명옥 씨는 남을 배려하는 성격으로 사람을 잘 사귀는 명랑한 사람이다. 남편과도 재미있게 연애로 만나 뜻을 맞춰 목표를 이루며 20여 년을 지내 왔다.

그런데 일을 좋아하는 남편에게 "나이와 몸을 생각하라"고 훈수를 두 기 시작할 무렵, 남편 몸에 이상이 나타났다. 수술을 해야 하고 얼마간 치 료를 요하는 묵직한 병에 걸린 것이다. 놀란 가슴을 쓸어내리며 온힘을 다해 간병을 시작했다.

이런저런 감정을 보이거나 말로 표현하는 건 도움이 되지 않을 거라 여 기며 "그러길래…."라는 말 한 마디 못하고 묵묵히 병실을 지켰다. 남편 의 맘을 편하게 해주려고 바깥세상을 잊고 한참을 지냈다.

두 아이를 기르며 늦게까지 공부하는 남편 뒷바라지를 해오다 그 짐을 내려놓은 지 얼마나 되었다고. 연로하신 어머니 걱정하실까 남편 아프다는 말도 제대로 못하고 안팎을 돌보는 건 또 어떻고.

뭔가 받아야 할 거 같은데

남편이 직장으로 복귀하고 정상적인 생활로 돌아오자, 명옥 씨는 제 역할을 다하며 그 어려운 시간들을 잘 이겨냈다고 스스로 대견해했다. 그 사이 어머니는 세상을 떠나셨고, 결혼한 딸애는 몇 년째 기다리던 임신 소식을 보내왔다. '그래, 하나님은 이렇게 위로를 주시는구나'라며 기뻐했다.

그런데 마음속에 서운함이 슬슬 올라오기 시작했다. 뭔가 마음에 와 닿는 인정의 말, 고마움에 대한 적절한 보상이 있어야 할 것 같았다. 지금까지 수고가 당연한 것인가? 50세에 '우명옥'이라는 이름으로 남은 것은 무엇인가? 아내로 엄마로 전심을 다해 살아온 지난날이 허무하기만 했다. 건강을 회복하고 있는 남편은 자신의 몸이 최우선이 되어, 운동하고 쉬고 좋은 음식을 먹는 데에 모든 관심을 쏟았다.

이런 느낌들을 남편에게 애써 표현하는데, 한두 번 열심히 들어 주더니 "당신 갱년기 온 거네"라며 간단히 말을 막았다. 어디서 들었는지 건강식품을 사먹어 보라는 남편이 순간 낯설게 느껴졌다. '얼마 동안 황폐해진 내 마음을 보듬어 주길 바랐을 뿐인데 이런 말밖에 못하다니.' 게다가 몇 주 후에는 급기야 "갱년기가 길게 간다"고까지 하는 게 아닌가.

명옥 씨는 "내가 하고 싶은 말은 당신한테 집중하느라 내 몸과 맘이 지

쳤으니 그걸 알아달라는 말이야"라고 소리치고 싶었다. 하지만 남편의
건강은 아직 안심할 수준은 아니라서 속으로 집어넣고 말았다.

글로 써 볼까

　　　어느 날, 상담을 공부한 친구와 통화하며 이런 답답한 이
야기를 나누었다.

"그런 심정을 글로 써 봐. 제목을 서운함이나 감사 또는 위로 등으로 잡
아서, 그런 관점에서 그때마다 정리해 보는 거야. 그걸 남편에게 꼭 보여
주고 싶을 때 보여 줄 생각으로 말이야."

생각해 보니 문과 교수인 남편도 이런 말을 한 적이 있다.

"나한테 일일이 말하려 하지 말고 생각들을 모아서 적어 두면 당신 스
스로에게 도움이 될 거야."

그땐 명옥 씨 자신의 욕구에 차 있어 귀담아 듣지 않았다. 헌데 친구가
하는 말은 다르게 들리면서 '진짜 그래 볼까?' 하는 마음이 들었다.

"쓴 다음엔 어떻게 하는 거야?"

"얼마 후에 읽어 보면 버리고 싶거나 고치고 싶은 것도 있고 마음에 들
어서 간직하고 싶은 것도 있을 거야. 또 남편에게 보여 줘도 되고. 그러
면서 마음을 여는 훈련도 하고 복잡한 마음을 정돈해서 말하게 되지 않
겠어?"

그러고 보니 남편은 아프다가 회복되고, 어머니는 떠나시고, 손녀가 태
어나는 등 지난 2년간 명옥 씨는 50대 여성의 과제를 잘해 냈다는 생각이

들었다. 이제 갱년기만 잘 다스리면 될 것이었다.

그즈음 손녀가 드나들기 시작하면서 가정에 꽃의 역할을 해주었다. 어머니의 빈자리를 새 아기가 채우고, 힘든 시간을 보낸 지친 마음에 아기의 미소가 웃음을 갖게 하는 것이 가정의 세대교체인가 보다.

마음의 생각을 행동으로 옮기기까지 시간이 꽤 걸렸다.
그런데 이젠 좀 빨라지기로 했다.
혼자 발레 스트레칭 클래스를 찾은 것이 시작이었다.

바위산 넘어 돌멩이 밭

성실하게 일하고 공부하며 가정을 돌보아온 정인 씨 가정에 큰 복이 임했다. 남편에게 맞는 장기기증자가 나타났다고 병원에서 연락이 온 것이다. 기적이었다. 가족도 조건이 안 맞아 몇 해를 그냥 보냈는데 이렇게 생판 모르는 기증자와 연결이 되다니.

병약한 아빠와 철든 아이

살아온 지난날이 필름처럼 지나갔다. 결혼할 때부터 원래 신장이 안 좋아 에너지를 늘 아껴 살아온 남편이었다. 이십여 년을 스트레스 주지 않고 과로하지 않게 하려고 조심조심 대해온 아내였다. 그런데도 차츰 신장기능이 떨어져 몇 년 전부터는 투석으로 몸을 지탱할 수밖에 없었다. 일주일에 두세 번씩 병원서 지내는 일은 본인도 힘든 일이었지만, 가족 모두가 일찍 철들 수밖에 없게 만들었다. 조용하게 종이에 스케치를 하며 바쁜 엄마를 이해해 주던 아이가 대학에 순하게 입학한 것도 아이 혼자 치러 냈다는 생각에 기쁘면서도 미안했다.

젊어진 남편

장기기증자 얘기를 들은 날부터 정인 씨는 매일 예배를 드리며 그분을 위해 축복하고 감사했다. 꿈이라고만 생각했던 신장이식은 성공이었다. 주님의 인도하심과 놀라운 의술, 생각할수록 감사한 기증자로 인해 새 인생이 열린 것이다. 정인 씨 가족에게 새 생활이 시작되었다. 회복기간이 지나자 남편은 전에 해보고 싶던 것들을 꺼내 놓았다. 힘과 용기가 솟아오르는 모양이었다.

"여보, 우리 가족 여행 갑시다, 아침에 뒷산에 다녀와서 하루를 시작하지."

정인 씨는 건강해진 남편을 바라보며 기쁘고 감격스러웠다.

"그래요, 여행도 하고 운동도 합시다. 외식도 하고 쇼핑도 같이 해요."

그런데 남편에게는 회복 후 해야 할 '일 목록'이 있었다. 숙제처럼 이어지는 요구가 정인 씨 생활을 힘겹게 하기 시작했다. 50세 가까이 되면 보통 사람들은 삶의 속도가 느려지는 데 반해 갑자기 활발해진 남편을 보며 이런 상황에 어떻게 적응해야 할지 난감했다. 이런 남편의 마음이야 이해가 가지만, 직장일과 공부를 해야 하는 정인 씨가 다 따르기에는 무리였다. 게다가 주말엔 야외로 나가서 지내자고 하니 남편의 병상을 예배로 지켜온 정인 씨로서는 내키지 않는 일이었다. 문득 '벤자민 버튼의 시간은 거꾸로 간다'는 영화가 생각나기도 했다.

건강이 최우선?

그러다가 어느 순간, 컨디션이 조금 저조하다 느끼면 과민하게 건강을 염려하여 남편은 모두를 애태웠다. 그전에는 마음을 잘 다스리며 병을 꿋꿋이 견대 낸다 싶었는데, 이제는 생명에 연연하는 딴 사람처럼 보였다.

"난 그동안 힘을 다해 열심히 살아왔어요. 그 가운데 하나님이 이런 감격도 맛보게 하셨으니 언제라도 부르시면 기꺼이 갈 마음이에요."

정인 씨가 하는 말을 듣고 남편은 서운한 얼굴을 하며 이렇게 말했다.

"이제 좀 제대로 살아봐야지…."

균형잡기

정인 씨는 이제 그만 감격에서 일어나 다시 삶의 중심을 잡아야 할 때라고 생각했다. '그래, 이건 과도기야. 하지 못한 일들을 차근차근 하면서 균형 잡힌 자리로 돌아오자.' 정인 씨는 기도한다.

"새 삶을 주신 주님, 이 가정의 주인이 되셔서 나아갈 길을 알게 해 주웁소서. 가족이 함께 건강을 누리며 그 기쁨과 감격을 이웃과 나눌 수 있게 해 주웁소서."

작고 보드라운 '모전여전'

자그마한 체구의 주현 씨는 시각장애를 가진 시어머니를 모시고 산다. 결혼한 지 몇 해가 되어도 아기가 없어 늘 기다리는 마음으로 살면서, 시어머니 시중을 잘 들고 있어 자주 눈길이 가는 젊은이다. 앞을 못 보는 시어머니의 궁금증을 미리 알아서, 누가 가까이 오면 슬쩍 귀엣말로 알려 주고 필요하다 싶은 물건들을 척척 손에 대준다. 그 모습이 자연스러워 수선스럽거나 야박하지 않으니 감탄이 절로 나온다.

그러는 중에 드디어 어려운 과정을 거쳐 귀한 아기가 생겼다. 쌍둥이였다. 몇 년 만에 잉태된 아기들로 인한 감격도 잠시, 입덧과 함께 배가 금세 부풀어 오르며 이런저런 증세로 힘겨운 나날을 이어갔다. 임산부는 '절대 안정'이 필요하다는 의사의 말에 부부는 고민에 빠졌다.

"어쩌면 좋지?"

"어머니께 그대로 말씀 드리면 우리를 이해하실까?"

"어머니가 어디에 계시면 편할까?"

며칠을 고민 끝에 두 사람은 어렵게 입을 열었다.

"어머니, 저희가 노산인데다 쌍둥이를 가져서요…."

그러자 어머니는 다 알고 있다고 하시며 말씀하셨다.

"그전부터 거동이 힘들어지면 가려고 하던 곳이 있다. 그리로 좀 일찍 가는 거지."

어렵고 무거운 얘기가 솔직한 대화로 쉽게 풀렸다.

"어머니, 아기들이 좀 자라면 모셔올게요."

여기까지 왔네요

주현 씨는 임신 6개월부터 거의 누워 지내다 7개월이 지나며 '이른둥이'를 낳고 말았다. 인큐베이터에서 얼마를 지내고 집에 온 아기들이 어디가 불편한지 울고 또 울었다. 주위에선 아기를 낳은 기쁨을 누릴 틈도 없이 사는 주현 씨를 보며 안쓰러워했다. 그러나 그녀는 "여기까지 왔네요"라고 말하며 건강한 웃음을 잃지 않았다.

아기들은 친정 엄마와 주현 씨가 하나씩 맡아 돌보았다. 아기 아빠도 늘어난 가족을 위해 열심히 일하고 퇴근해 돌아오면 쉴 틈 없이 거들었다. 산모의 몸이 잘 회복되지 않아 계속 병원을 다녀야 했고, 일찍 세상에 나온 아기들도 저체중으로 예민한 상태였지만 그 가족은 참 잘 견디며 세월을 보내고 있었다. 쉽게 짜증내는 말 안 하고 한탄하지 않고 지내는 모습이 '아, 신앙인이구나, 참 좋은 사람들이다' 하는 생각을 갖게 했다.

참 다행이에요

어려울 때는 힘든 일이 몰아서 왔다가 모르는 사이에 하나씩 풀려, 어느 날 보면 완연히 달라졌음을 느끼는 것처럼, 한 2년이 지나면서 아기들이 정상에 가까워지고 주현 씨 얼굴도 옛 모습으로 돌아오고 있었다.

그런데 이번에는 친정 아버지가 넘어져 고관절 수술을 하셨다. 몇 개월간 움직이지 못하고 전적으로 도움을 받아야 했다. 사람들은 그동안 딸과 아기들을 돌보느라 몇 년을 애쓴 주현 씨 친정 엄마가 얼마나 낙담이 되실지 염려가 되었다.

그러나 친정 엄마는 오히려 연방 다행이라고 말씀하셨다.

"한여름이 아니어서 다행이에요, 경과가 괜찮다니 감사해요, 아기들이 이만큼 큰 다음에 이 일이 일어나서 얼마나 다행인지 몰라요."

작은 체구의 조용한 분에게서 어떻게 이런 힘이 나오는 건지. 딸 주현 씨의 긍정적이고 담백한 삶의 자세가 어디서 왔는지 알 수 있었다.

감정도 습관이라고 한다. 어려운 일을 만났을 때 지난번에 자신이 대처하던 기억을 떠올려 다시 그렇게 한다는데, 정말 그런가 보다. 이 가족은 늘 다행이고 감사한 부분을 찾아 표현하는 게 습관이 된 것 같았다. 어려운 일, 당황스러운 일, 힘든 일을 유연함과 인내로 대하는 모녀가 작은 거인처럼 느껴졌다.

달콤한 가정에
이르기까지

- 새롭게 -

남편은 그런 사람이었습니다

"우리, 눈 속에 갇혀 있어요."

낭만적으로 들리기도 하지만, 하고 싶은 얘기가 있는 듯한 문자 메시지가
왔다. 예상대로 친구 주영 씨가 학기를 마치고 보스턴에서 시카고 집으로
돌아가는 길에 미국 북동부 지역을 지나며 눈 속에서 하룻밤 머물게 되었
다는 말이었다.

주영 씨는 이지적이고 예의 바른 중년 여성으로, 공부 기간이 길어지는
남편 옆에서 자신의 공부를 계속 하고 있었다.

'사람 좋은' 남편의 학위 과정이 이런저런 일로 오래 지속되는데도 쉽게
감정을 드러내지 않고, 기다리면서 자신이 할 수 있는 일과 역할을 찾아
꾸준히 해온 것이다.

남 챙기다 공부 늦어지는 남편 옆에서

서구 학생들이 한국 학생들에게 "주말이나 저녁 시간 이후까지 도서실에 있는 너희를 보면 가족의 화평이 염려스럽다"는 말을 하곤 하는데, 이에 반해 주영 씨 남편은 누군가에게 문제가 생겼다는 말을 들으면 바로 그걸 해결해 주려고 찾아가는 사람이다. 서양식 의사소통 때문에 어려움을 겪거나 인간관계에 문제가 생겼다는 말을 들으면 늘 돕기 위해 나서는 의리의 학생이었다. 그러다 보니 한인 학생 대표, 총무 역을 도맡아 하면서 야유회와 각 모임을 주선하느라 동분서주했다.

주영 씨는 이런 남편을 이모저모로 도우며 여러 생각이 오갔을 것이다. 굳이 속을 드러내 말하지 않아도 가까운 사람들은 그 마음을 알고 있었다. 주영 씨가 독립적으로 자신의 공부를 꾸준히 하는 건 그의 최선이었다.

세월 속 경험이 힘이 될 것을 꿈꾸며

그런 세월을 지나고 얼마 전부터 남편은 일할 자리를 잡고 열심을 내고 있었다. 주영 씨는 마지막 학기가 남아 기숙사에서 몇 달을 지냈다. 남편은 원대로 일을 시작했고, 아들은 대학교에 입학해 집을 떠나, 주영 씨는 결혼 전 자유롭던 때처럼 학교에서 혼자 지내며 자신에게 집중할 수 있었다. 자신의 삶과 하나님, 미래 그리고 할 일, 지난 세월 속에서 한 겹씩 쌓인 경험과 공부가 합해져 만들어낼 새로운 그림을 그리며 고요한 시간을 지냈다. 가족들 걱정이나 혼자라는 외로움보다 앞날에 대한 기대와 소망으로 가슴 벅찬 날들이었다. 이제 마지막 시험이 끝나고, 주영 씨를 데리러 남편이 오고 있었다.

집으로 돌아가려고 짐을 쌉니다

몇 달 만에 본 남편의 얼굴은 까칠해 보였고 손길은 낯설었다. 주영 씨가 쭈뼛거리자 남편이 말했다.

"날 잘 모르던, 우리가 그 전에 만나던 때라고 생각해 봐. 우리 그렇게 여행하며 집에 가자."

부부는 그렇게 낯선 사이인 척, 결혼 후 처음 여행지이던 그 폭포 앞에 섰다. 그리고 그날 밤 이런 글을 썼다.

"눈발이 성성이 날리는 낯선 바람 앞에서, 사랑에 빠져 앞뒤 없던 그 시절에나 했을 법한 다정한 말들을 주고받으며 서로를 보고 웃어 주었다. 마법 같은 폭풍에 두 번이나 걸려들어 눈보라치는 길을 가르며 방을 구하느라 애쓰면서도 설레기만 하던 낯선 도시에서의 밤, 그리고 긴 이야기."

"집으로 돌아오는 길에 다시 알게 된 이 남자는 그런 사람이었습니다. 내가 만날 수밖에 없었던 … 20년을 곁에서 살아오면서도 또 새로운….""

▲낯설게 하기

친숙하고 일상적인 대상을 여행이나 거리두기를 통해 새롭게 느끼고 깨닫게 하는 예술적 기법이 생각났다. 늘 함께 있으며, 좋은 점은 당연하다 여기고, 아쉬운 부분을 붙잡고 살면서 슬퍼하는 우리네 인생에서 주영 씨 부부의 '낯설게 하기'는 일석이조의 깨달음을 주었다. 자기 자신을 찾고 남편에 대한 새로운 깨달음을 갖게 만드는….

단란한 가정에 이르기까지

바이올린을 잘하는 주희는 예고를 졸업하고 곧바로 유학길에 올랐다. 영어공부와 예비학교를 거쳐 영국 왕립음악원을 마치고, 보스턴에 있는 음악학교에 들어가면서, 주희는 성실함을 인정받았고, 바이올린 연주만 잘하면 그게 효도이고 성공한 인생이라고 생각했다.

그랬다. 형제 가운데 아들도, 맏이도 아닌 중간 딸이 고가의 악기를 구입해 5년 이상 유학생활을 하는 건 온 가족의 배려와 뒷받침 속에서만 가능했기에 주희는 오로지 연주에 집중했다. 어렸을 때 소질을 보인 이후 20대 중반까지, 악기 하나를 들고 치열한 경쟁 속에서 달려오면서 조금만 더 하면 된다며 매일의 연습을 놓치지 않았다.

그런데 얼마 전 다녀가신 어머니가 아프다고 연락이 왔다. 집에 오라고. 학기 중인데…. 급하게 비행기 표를 마련해 도착했을 때, 어머니는 이미 숨을 거두셨다.

팔이 안 올라가요

50대의 어머니는 콘트라베이스 연주자로 주희의 음악 선배요 딸 연주 여행의 매니저를 해야 할 분이었다. 그동안의 학교 선택이나 학업에도 누구보다 앞선 식견으로 인도해 오신 특별한 엄마였다. 주희는 말로 표현할 수 없는 비애에 젖어 검은 옷을 입은 채 보스턴으로 돌아왔다. 가늘고 긴 팔과 손가락 끝마디마다 박인 굳은살이 더욱 애처로웠고, 그 어떤 위로도 쉽게 할 수가 없었다.

"남은 한 학기를 마쳐야지?"

"왼팔이 안 올라가요."

바이올린 연주야말로 왼손 오른손의 합작으로 이루어지는 게 아닌가. 그런데 왼팔이 굳어져 버린 듯 올라가지 않는 것이었다. 충격이 이렇게 나타나는 것인지.

학교를 휴학하고도 감각을 잃지 않으려고 나름대로 연습을 쉬지 않고 있었다. 추운 동네 보스턴엔 눈이 내리기 시작하더니 사흘이 멀다 하고 눈이 오고 또 왔다. 한 손을 제대로 못쓰고 엉거주춤 학교를 오가던 주희가 그만 넘어지고 말았다. 다리가 부러져 몇 주 동안 꼼짝할 수 없게 되었다.

마음은 차가운 바다처럼 시리고 한쪽 팔다리마저 뻣뻣한 채로 그 겨울을 지내며 주희는 무슨 생각을 하는지 좀처럼 입을 열지 않았다. 단지 그의 고독을 짐작할 뿐이었다. '최고 연주자가 되어 세계 무대에서 연주하려

작은천국 FAMILY

던 꿈은 접어야 하는가. 이제 적당한 직업을 찾아 나서야 하나.'

아르투르 그뤼미오를 닮은 주희의 낭만적인 연주는 어둠에 가둬지는 듯했다. 꼬박 일 년을 물리치료와 엄마 잃은 공허함 속에 지내다 주희는 겨우 입을 열기 시작했다.

주님이 이끄시는 대로 할 거예요

"주님이 이끄시는 대로 할 거예요."

그로부터 그가 신앙에 전념하는 모습은 마치 사역자로라도 나가려는 듯 보였다. 음악박사 과정을 공부해서 가르치는 쪽으로 방향을 잡겠다는 주희는 안정을 되찾아가는 것 같았다.

다시 길고 치열한 공부를 시작한 주희는 앞만 보고 나아갔다. 한 가지 달라진 점이 있다면 매주일 예배 반주를 빠지지 않고 했다. 음악 최고학부 전공자가 매주 예배에 봉사하는 일은 여러모로 힘든 게 많은데 해내고 있었다. 친구들이 결혼을 하기 시작하고 주희도 주변 소개로 사람을 만나기도 했다. 그 가운데 어머니가 안 계신 것이 더 안타깝게 느껴지기도 했다.

12월에 온 소식

그러다가 몇 해 전 12월, 결혼 소식을 알려왔다. 30대 후반의 동갑내기 과학자 교수가 주일마다 성실하게 바이올린을 연주하는 주희에게 다가와 만남을 시작했다. 마치 청교도 같은 두 사람은 서로 가까이 만난 순간 전율을 느끼며 확신을 가졌다.

혼히 말하는 조건을 잘 갖춘 데다 영화배우 다니엘 헤니까지 닮은 남자를 만난 주희의 러브스토리는 보스턴 한인 유학생들에게 순식간에 퍼졌다.

"걔, 엄마 돌아가셨을 때 팔다리 못 쓰고 우울하던 얼굴 기억나지? 그땐 진짜 쟤 어떻게 될까 봐 정말 걱정했는데 … 교회 열심히 다니더니 저렇게 백마 탄 왕자 만날 줄 누가 알았겠어!"

그중에는 외로움과 혼란 속에서도 하나님을 붙잡고 인내한 주희가 받은 축복을 보며 자기 자신을 돌아보기도 했다.

주희 집에 다녀온 아버지는 "둘이 손을 맞잡고 기도하며 한마음으로 가정을 만들어 가는 모습이 얼마나 아름다운지 감사의 눈물이 날 정도"라고 하셨다.

그 후 주희는 좀 늦은 결혼이었지만 바로 아들딸 낳고 자녀양육에 전념하며 대학서 강의를 시작하게 되었다.

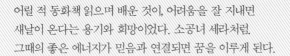

어릴 적 동화책 읽으며 배운 것이, 어려움을 잘 지내면
새날이 온다는 용기와 희망이었다. 소공녀 세라처럼.
그때의 좋은 에너지가 믿음과 연결되면 꿈을 이루게 된다.

미인을 너무 좋아하는 분들에게

갸름한 얼굴형, 하얀 피부에 원더우먼 '린다 카터'의 입가를 닮은 60대 김 권사는 다섯 살은 족히 어려 보인다. 게다가 상냥하고 애교 있는 사투리 는 언제 들어도 기분을 좋게 만든다. 반면 남편은 예리한 눈빛과 곧은 말 투, 다소 경직된 성격으로 선뜻 다가가 말을 붙이기가 어려운 형이다. 직 접 묻지는 못하지만 사람들은 내심 김 권사가 남편의 어떤 면에 끌렸는지 궁금해했다.

어느 여유로운 밤, 김 권사가 자기 얘기를 풀어내기 시작했다.

"좀 늦은 나이에 우리는 친구 소개로 만났어요. 중견기업 비서실에 근 무하던 저는 한껏 멋을 내고 나갔지요. 영문과 출신으로 외국기업에 다니 는 남자가 내 문화적 욕구를 채워 줄 수 있을 것 같았지요. 곧 결혼 얘기 가 오가고, 남편은 아프리카로 발령이 나 약혼식을 하고 급히 떠나게 되

었어요. 아, 약혼식에 입은 드레스가 생각나네요. 명동의 유명한 디자이
너 작품인데 정말 예뻤어요."

당시 70년 대 초반은 해외 출입이 까다로워 김 권사는 약혼 후 혼인신
고를 하고 동반비자를 받은 후에 나가야 했고, 결혼식은 그곳에 가서 하
기로 한 것이었다.

"비자를 받아 아프리카에 도착하고 보니 머릿속에 그리던 웨딩드레스
를 구할 수가 없는 거예요. 고집을 피웠죠. 그림을 그려서 뉴욕에 주문해
야 한다고. 그랬더니 한 달이 걸려 도착하더군요. 그런데 이번엔 주례자
가 그 근처에 없는 거예요. 아, 내가 생각한 주례자는 훤칠한 백인 목사님
이었거든요. 그래서 며칠을 찾은 후에 반나절 이상 떨어진 마을의 캐나다
선교사님을 찾아가 부탁했지요. 그러느라 결혼식은 예정보다 두 달이 지
나서야 할 수 있었구요."

"하지만 신혼여행으로 사파리를 몇 주간 돌고 집으로 돌아오자 임신을
해서인지 아프리카 생활을 더 이상 견딜 수가 없었어요. 남편한테 친구가
있는 스위스에 잠깐 다녀오면 마음이 잡힐 것 같다고 하고 떠났지요. 친
구 집에서 얼마 지내다가 언니가 사는 캐나다로 갔어요. 아이 낳을 때가
점점 다가오는데 남편이 있는 아프리카로 갈 생각은 없고, 어떻게 해야
할지 모르겠더라고요. 남편은 '언제 오냐'며 국제전화비로 월급을 거의 다
쓰고 있었고요."

그러던 어느 날 남편은 갑자기 회사에 사직서를 내고 살림살이를 다 버

려둔 채 캐나다로 달려왔다. 물건들 귀한 줄 모르고…. 큰애가 그렇게 거기서 태어나고 남편은 새로운 삶을 위해 다시 직장을 구하느라 애쓰고, 그러나 그때도 김 권사는 별 생각이 없었다고 한다.

또 다른 객지서 철부지 아내와 어린 아기의 명실공히 보호자로 살아왔을 그 남편. 이만큼의 이야기를 듣고 나니 그분의 인상이 이해가 갔다. 가정의 모든 책임과 함께 아내의 환상을 채우고 달래며 살아왔을 나날이 얼마나 고단했을까.

젊어서 너무 많은 에너지를 써 버려서인지 남편은 노화가 일찍 온 것 같았다. 알레르기 체질이 되면서 이것저것 조심하다 보니 삶의 반경도 축소되었다. 대신 김 권사가 남편을 도와 사업을 꾸려갔는데, 타고난 상냥함으로 잘해 내고 있었다. 자신의 30대가 부끄럽게 여겨졌는지 김 권사는 결혼 적령기의 아들에게 이렇게 말했다.

"여자 인물은 너무 보지 마라. 어려서부터 예쁘다는 말을 지나치게 많이 듣고 커온 사람은 자기 자신이 너무 대단한 줄 알아서 이기적인 사고를 갖기 쉬워. 너는 해외 출장이 많으니까 지혜롭게 자기 시간을 관리할 줄 아는 여자를 만나는 게 좋아. 그래야 혼자 있을 때 유익한 시간을 지낼 수 있고, 함께 있을 때의 시간도 얼마나 귀한 줄 알 수 있단다."

김 권사의 이런 충고는 자신의 젊은 날을 반성하며 마음속에서 우러나오는 말인 듯했다.

- 가정 트라우마 -

엄마 눈이 안 그려져요

미선 씨 형제들은 얼마 전 아버지 생신을 지내며 서로 쑥덕거렸다. 아버지는 연금도 괜찮게 받으시고 특별히 지출할 데가 있는 것도 아닌데 이번에도 선물을 모두 현금으로 달라고 하셨기 때문이다. 어머니랑 이런저런 여행 다니시고 맛난 음식 사드시기에 불편이 없을 텐데….

"그래, 언니 때문일 거야."

모두들 입을 삐죽거리며 한 마디씩 했다.

"언니도 언니지만, 손주도 그 손녀만 눈에 들어오시나 봐."

그 언니는 부모님이 기대하는 총명한 딸로 자랐다. 어려서부터 공부를 잘해 좋은 대학을 다녔고 또 좋은 직장에 들어간 모범생이었다. 그런데 속을 알 수 없는 남자를 만나 아이 하나를 낳고 헤어졌다. 젊은 나이에 이런 일을 겪은 딸을 보는 부모님의 마음이야 오죽했겠는가. 미선 씨는 그때부터 부모님이 그 둘째 딸과 손녀의 보호자가 되겠다고 마음먹었을 거라고 생각했다. '엄마와 아버지가 힘이 닿는 데까지 다 해 주마' 뭐 그런 마음의 다짐이었을 것이다. 부모님은 여러 손주들 가운데서 한결같이 그 손녀를 보살피셨다. 형제들은 이해가 되기도 했지만, 늘 말을 조심하며 부모님 가까이 가는 데 제한을 받는다고 느꼈다. 날이 좋아 야외로 한번 나가시자 하면 "언니 시간 맞춰 같이 가자" 하시고 간단히 외식 한번 모시려해도 언니 식구를 넣어야 해서 번거로웠다. 그런 세월을 쭉 지내 왔다. 이제는 부모님도 여든이 되셨고, 둘째 언니와 미선 씨도 중년이 되었다.

미선 씨의 그림공부

　　　　　미선 씨는 여유가 생겨 그림공부를 시작하게 되었다. 사진을 놓고 인물화를 그리는 건데, 어렵지 않게 여러 작품을 해냈다. 그러던 어느 날 엄마를 그리는데, 잘 되지를 않았다. 다음 날도 또 다음 날도 완성할 수가 없었다. 눈, 엄마의 눈이 그려지지 않았다. 엄마가 어디를 보고 있는지, 엄마는 왜 미선 씨를 보지 않는지, 엄마는 자애로워야 하는데 미선 씨가 그린 엄마의 눈은 왜 자애롭게 보이지 않는 것인지.

미선 씨는 정말 이상했다. 그림을 완성하기가 힘든 것이 마치 엄마에 대한 자신의 감정을 말하는 것 같았기 때문이다. 한 주간, 두 주간을 이렇게 고민하며 겨우 완성을 하던 날, 미선 씨는 깨달았다. 그동안 마음속으로 부모님이 자신의 모습을 충분히 인정해 주지 않은 것에 대한 서운함이 컸음을…. 부모님의 마음을 이해한다면서도 마음에 풀지 못한 공허함이 있었음을….

　그러나 미선 씨가 알게 된 것은 또 하나 더 있다. 오히려 언니로 인해 부모님은 책임감과 과제를 안고 더 많이 기도하고 스스로 건강을 힘껏 관리하며 살아오신 것이다. 부모님이 그 딸네로 인해 할 일이 남아 있다고 여기시고 열심히 살아오신 것에 감사했다.

　그림 속에 엄마의 눈을 그릴 수 있겠다 싶었다.

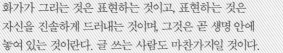

화가가 그리는 것은 표현하는 것이고, 표현하는 것은 자신을 진솔하게 드러내는 것이며, 그것은 곧 생명 안에 놓여 있는 것이란다. 글 쓰는 사람도 마찬가지일 것이다.

착한 아이 신드롬

씩씩하고 시원시원한 인영 씨가 아프다고 한다. 가족들의 대소사를 돌보며 늘 상냥한 건강 미인이 입원을 하다니 주변의 염려가 매우 컸다.

모든 이에게 착한 사람, 인영 씨

"늘 웃는 얼굴이다, 일을 잘한다, 못하는 게 없다, 신앙이 좋다, 멋있다" 등등 사람들은 인영 씨에 대해 이렇게 말한다. 인영 씨는 정말 그랬다. 미술 감각도 뛰어나 차림새도 멋있고, 그녀가 손대는 것들은 종이든 꽃이든 망가진 물건이든 모두 새롭게 장식이 되었다. 성격도 따스해 어려운 일을 보면 어떻게 도와야 할지부터 고민하는 사람이다. 교회경로학교 일을 도우며 기어이 노인복지 공부까지 한 것을 보면, 그의 착한 에너지는 도대체 어디까지일지 궁금하다. 게다가 부모님이 일찍부터 이런저런 병을 앓아 여러 병원을 모시고 다니는 일도 모두 이 착한 딸의 몫이었다. 식사 챙겨 드리기는 물론 부모의 부모 역할을 하며 살아온 것만도 10년의 세월이다.

그러다 보니 정작 자신의 남편과 두 아이는 '좋은 남편' '알아서 잘하는 아이들'이 되어야만 했다. 한정된 시간, 한정된 에너지를 가지고 한 곳에 많이 기울이면 결국 남은 에너지만이 내 아이와 남편에게 주어진다는 것을 인영 씨는 미처 몰랐다. 형제를 돌보는 일까지 감당했는데, 부모님의 건강이 안 좋다 보니 동생들에 관한 일도 맏언니의 몫이 되었다. 만능인으로 살며 자신에게 붙은 별명대로 '착한 아이' '효녀'의 모습을 만들어간 인영 씨, 그 인영 씨가 힘이 빠졌다.

세상은 여전히 돌아간다

어느 날 중학생 아들이 젓가락을 사용하지 못하는 것을 보고 깜짝 놀랐다. 생각해 보니 어릴 때 아이에게 젓가락질을 가르쳐 주지 않고 빨리 먹으라고 늘 포크를 준 기억이 떠올라서였다. 게다가 평소 '착한 아이' 딱지를 붙이고 커 온 딸이 학교규칙을 어겨 담임선생님으로부터 부모 면담요청이 왔다. 그것도 연이어 몇 번씩이나. 뿐만 아니라 남편은 괜찮은 직장을 그만두고 새로운 일을 하겠다는데, 인영 씨는 도저히 받아들이기가 힘들었다. 사실 이 모든 일이 갑자기 벌어진 것은 아니었다. 한동안 가족 구성원들의 심적 변화를 생각해 볼 겨를이 인영 씨에게 없었던 것이다.

'아니 이럴 수가 … 모두들 잘 살기 위해 나는 수험생처럼 4시간밖에 안 자며 집안일, 바깥일을 다 돌보았는데….'

이렇게 놀람과 실망이 섞이는 순간, 인영 씨는 감기증세로 쓰러졌다. 한동안 휴식을 요하는 간염이었다. 병원에서도 마음을 쉬지 못하는 인영 씨에게 의사는 경고했다.

"지금 생활양식을 바꾸지 않으면 큰 병이 옵니다. 잠도 일고여덟시간 자고 일을 줄이세요. 그리고 입원한 것을 좋은 기회로 삼아 웬만한 일은 놓으세요."

어느 날 인영 씨는 한 상담자를 만났다. 긴 세월 정신없이 뛰어오며 자기를 잊고 살아온 느낌이었다. 그러다 에너지가 바닥이 난 것이다.

'그래 이젠 남을 돌보기 위해서라도 체력을 키우자.' 엄마 앞에서 착한 아이로 살며 정신없이 일에 매달리던 시간을 뒤로 하고 이제부턴 자기 마음과 몸을 살피며 남을 돕는 건강한 헬퍼로 살겠다고 마음을 추슬렀다.

여러 식구를 위해 적절히 시간과 에너지를 분배할 것
무엇보다 힘겨워하는 내 몸과 마음의 소리를 들을 것

그러기 위해 오늘도 인영 씨는 식구들에게 이런 얘기를 하려고 기회를 보고 있다.

▲ 착한아이증후군

착한 아이라는 말을 들으려고 내면의 욕구를 억압하는 말과 행동을 반복해서 하는 것을 뜻한다. 착한 행동 뒤에 커다란 분노가 숨어 있을 수 있고, 자칫 내면의 억압이 극단적이고 파괴적인 행동으로 표출될 수 있다.

'큰애' 트라우마

큰애는 동생이 태어나면서부터 큰 사람으로 살기 시작한다. 세 살도 큰애, 때에 따라선 어려서부터 '다 큰애'라고 불린다. 부모의 첫 경험이라 관심과 기대 속에 살지만, 젊은 부모는 사랑으로 품어 주기보다 기준에 맞게 잘하라는 것에 무게를 싣게 된다.

큰애 구실을 해야지

서영 씨는 어려서 동생을 업고 다닌 얘기를 곧잘 한다. 엄마가 검정 띠게로 어깨, 허리를 칭칭 돌려 매주면 뒤뚱거리며 걸어 다니면서 허리를 펴지도 앉지도 못했다. 또 살던 곳이 고지대라 수돗물이 안 나올 때면 초롱에 물을 받아 날라야 했다. 길게 줄을 서서 흘러넘치지 않도록 조심해서 물을 받지만, 지게에 매고 출렁거리며 집에 오다 보면 옷이며 신발이 다 젖고 물은 반으로 줄어 있었다.

식구 많은 집의 큰애로 살다 보니 서영 씨는 빨래도 많이 했다. 어느 날, 엄마가 한번 해 보라기에 힘껏 빨았더니 "잘한다"며 계속 일을 시켰다. 그런데 이런 얘길 서영 씨가 하면 서영 씨 어머니는 인정을 안하신다.

"네가 빨래를 몇 번이나 했겠니. 그땐 일하는 사람도 있었는데 … 사람이 바뀔 때 빈 날 몇 번 해 봤겠지."

"네가 애를 업었다구? 글쎄 몇 살에 업을 수 있었겠나 꼽아 보자."

6·25 전쟁 이후 많은 가족들 틈바구니에서 경황없이 살아온 터라 서영 씨 어머니는 이런 소소한 일들을 기억하지 못하시는 듯했다. 부모가 바라는 큰애의 모습은 늘 더 도와주길 바라는 모습이었나 보다.

긴 세월이 걸린 엄마와의 대화

서영 씨는 십대 후반이 될 때까지도 친구를 만나러 나갈 때는 동생을 데리고 가야 했다. 어린 동생 하나라도 건사해야 집에 들어와서 눈총을 덜 받으니까. 친구들과 빵집을 가든 영화를 보든 일일이 동생을 챙기기가 쉽지 않았지만, 외출하려면 동생 하나는 돌봐야 할 것 같았다. 게다가 유난히 사람을 좋아하는 서영 씨는 친구들을 데려다가 집에서 노는 것도 좋아했는데, 늘 엄마 눈치가 보였다. 식구가 많아 복잡한 집, 엄마 입장에서야 큰딸이 무얼 좀 도와주었으면 하는 바람이 있었기에 딸의 친구들이 별로 달갑지 않았을 터이다.

서영 씨는 대중 속의 고독처럼 많은 식구들 가운데서 외로운 마음을 안고 살아왔다. 그래서 자신을 받아 주는 사람을 매우 따르는 '사람 의존형 성품'을 가지게 된 것 같기도 하다. 이렇게 살아온 서영 씨가 엄마와 마음 속 대화를 하는 데에는 긴 세월이 걸렸다. 서영 씨는 그간 모든 문제들이 자신이 철없이 살아서 일어났다고 여겼다. 많은 문제가 자기 탓만은 아니라 모두가 험난한 시대를 살아왔다는 것을 알게 되기까지, 신앙으로 자기 성찰로 끊임없이 노력을 해야만 했다. 서영 씨 어머니도 그 모두를 인정하며 한 걸음 나오기가 쉽지 않았다. 늘 나름대로 최선을 다해 살아왔다고 여겼기 때문이다.

만일 어머니가 잘 기억하지 못하더라도 큰애의 말을 그때그때 인정해 주었다면 작은 천국은 좀더 빨리 오지 않았을까.

▲ 사람 의존형 성품

다른 사람과의 친밀한 관계를 강박적으로 추구하는 사람이다. 친밀해진 사람을 구속하는 경향이 있고 배타적인 친구 유형을 맺으며, 이들은 다른 사람이 늘 자신에 대해서 애정과 관심을 가지고 배려해 주기를 원한다.

이웃을
돌아보며

아, 모성!

은성 씨는 피부가 하얗고 얼굴이 갸름하니 아름다운 젊은 엄마다. 얼마 전까지만 해도 대기업에 다니는 유능한 사원으로, 독립적이면서도 남을 배려할 줄 아는 사람이다. 그런데 병을 앓으면서부터 모든 게 달라졌다. 수술과 방사선, 약물치료를 반복하면서 침상에 누워 도움만 기다리는 처지가 되었다. 심한 통증과 불편한 몸 때문에 그 특유의 보드라운 미소와 인내심도 사라져 갔다.

요 며칠 전까지만 해도 신유의 은총을 믿고 기도에 힘썼는데, 그것도 점점 희미해져 이젠 천국의 소망을 바라보게 되었다. 그러는 동안 은성 씨가 밤낮 홀로 느끼는 외로운 고통과 갈등을 어느 누가 다 헤아릴 수 있을까. 은성 씨는 이런 상황 속에서도 두 아이를 향한 생각을 정돈하고 있었다. 엄마를 어떻게 기억하게 될까. 엄마가 없어 가장 안타까운 상황은 언제일까. 사춘기 아니면 누구에게 혼날 때? 그럼 지금 아이들에게 줄 수 있는 게 무엇일까.

모성, 다시 살아보려는 의지

　　　　　　　　　그러다가 다시 병원에 몇 주 간 입원을 했다. 집에 돌아오자 "엄마가 집에 있다"며 아픈 엄마 이불로 파고 드는 세 돌배기 아이. 아이는 "엄마 보고 싶었어"라며 얼굴을 부비고 귀를 만지며 가슴으로 안겼다. 유치원 친구를 만나면 "우리 엄마 집에 있다. 병원 아니구 집에 말이야"라며 다녔다. 잠결에 일어날 때면 "엄마, 있어?"라고 확인하고 바로 잠이 들었다.

은성 씨는 진통제도 잘 듣지 않는 고통 속에서 주님 계신 천국을 그리며 기대하기도 한다. 자신의 고단함이 끝날 그곳. 주님이 어떻게 맞아 주실지 가슴이 부풀기도 했다. 그러나 눈에 넣어도 안 아픈 어린 아이들을 어쩌랴. 늘 엄마가 보고 싶다는 어린 아들에게 엄마의 부재가 가져다줄 외로움과 상처를 맛보게 하고 싶지 않다. 지극한 모성은 은성 씨로 하여금 다시 살아보겠다는 의지를 갖게 했다. 통증 때문에 죽음을 바라는 일조차 아이들을 위해 접어 두기로 한다. 지금 이 모습으로라도 아들 옆에 있어 주고 싶은 엄마의 마음이다.

또 엄마에게 달려 있는 주사액 줄과 주머니들을 쳐다보며 함부로 다가오지 못하는 큰애가 염려된다. 엄마한테 의지하지 못하고 벌써 몇 년을 불안하게 지내 온 딸아이. 큰애라고 늘 단호한 말투로 많은 일들을 지시

해 온 것 같아 미안해지는 요즘이다. "딸아, 더 잘할 수 있잖아⋯."라고 늘 재촉하느라, 보듬어 주고 격려해 주기보다 주문이 많았던 엄마였다. 그 래, 이제부터라도 손잡아 주고 따스하고 평화로운 엄마 품을 느끼게 해주 자.

아픈 엄마는 아프다고 늘어질 시간이 없다. 사랑해 주기, 만져 주기, 딸 에게 '숙제부터'라는 말 대신 '엄마랑 좀 놀자'고 말하기, 담임선생님과 소 통하기, 메모 보내기 등을 계획하며 소망을 키운다. 아이들이 커 가며 달 라지는 모습을 보고 싶다고⋯.

하루씩 살기로 한다는 고통 속 몸부림을 본다.
맘대로 안 되는 가운데 살아가는 날들, 통증 속 순간들,
가까이서 손잡는 일 외에 해줄 게 없다.

작은 꿈을 이루다

"할머니, 할머니는 어렸을 때 꿈이 뭐였어요?"

엄마 병실에서 재잘거리며 기분이 좋아진 은영이가 집에 오는 길에 물었다.

"글쎄… 갑자기 왜?"

"할머니, 저는 화가가 되고 싶은 꿈도 있고 엄마랑 여행하고 싶은 꿈도 있어요. 그리고 같이 놀이동산 가는 거, 그냥 동네 산책하는 것도 꿈이에요."

꿈을 이야기하는 목소리가 점점 작아지더니 결국 "엄마랑 같이 자고 싶어요, 그게 지금 꿈이에요"라고 말하는 은영이다. 병실 침대에 누워만 있는 엄마를 바라보며 여행이나 나들이, 함께 걷는 일을 접어두고 그냥 엄마 옆에서 한 밤을 자고 싶은 게 아홉 살짜리 딸의 꿈인 것이다.

"그래? 그럼 생각해 보자."

아무래도 추석이 되면 병실 침대가 비지 않을까. 어쩔 수 없이 병원에 남아야 하는 환자들 외에 새로 입원할 사람들은 명절 하루라도 지나서 들어오지 않을까.

"할머니, 그럼 엄마 옆에서 잘 수 있어요?"

은영이의 목소리가 날아올랐다. 간호실에 물으니 마침 바로 옆 침대가 하루 빈다고 했다.

꿈이 이뤄지던 밤

엄마 옆 보조침대에서 은영이가 자고 옆 침대에서 아빠와 동생이 자기로 했다. 잠옷, 동화책, 그림일기를 가방에 넣으며 은영이는 "유년부 수련회 가는 거 같다"고 했다. 동생 찬이도 "가서 떠들면 안 되지? 난 공부할 거야"라며 색칠할 공책과 색연필을 챙겼다. 매일 밤 엄마를 지켜 온 아빠가 이날은 아이들까지 세 명을 돌보게 되었다. 집에서 모두들 샤워를 하고 간식거리를 챙겼다. 엄마가 송편 한 개쯤은 먹을 수 있지 않을까? 지짐이도 한 개, 식혜도 한 병…. 네 식구가 한 공간에서 자는 게 몇 달만이던가. 아이들은 들떠 부풀었다. 병원 가는 길에 은영이가 또 꿈 얘기를 했다.

"이 꿈은 소원을 말하는 꿈이 아니고 밤에 자면서 꾼 꿈인데, 엄마가 건강해져서 우리랑 같이 노는 꿈이었어."

그동안 암과 투병하며 올겨울만 잘 치료하면 … 올여름만 잘 넘기면 …

하면서 얼마나 믿음과 소망을 가져왔던가! 그러기를 벌써 3년째, 처음엔 잠도 안 자고 울기만 하고 밥도 안 먹고 보채던 아이들이 이제는 일기도 쓰고 그림도 그려 상도 받아 올 만큼 자랐다. 그 밤, 아이들은 그냥 잠들기가 아까워 함께 기도하고 재잘대다 밤늦게야 곯아 떨어졌다. 이튿날 아침 늦게까지 자고 있는 아이들의 모습을 바라보며 은영 엄마는 여러 생각이 오고 갔다.

집으로 오는 길, 은영이가 말했다.

"아빠, 아까 엄마 옆에서 일어나기 싫어서 자는 척했어. 그냥 그렇게 오래 있고 싶어서 … 그리고 아빠 '내 꿈을 하나는 이루었구나' 하는 생각도 했어. 그렇지?"

그림을 잘 그리는 은영이가 화가의 꿈을 이룰 때, 그토록 원하던 엄마와 함께한 이 밤이 어떻게 그려질지…. 네 명의 가족이 함께하는 작은 꿈을 이루던 그 밤의 일들을 은영이는 어떻게 표현할까.

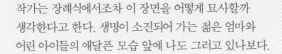

작가는 장례식에서조차 이 장면을 어떻게 묘사할까 생각한다고 한다. 생명이 소진되어 가는 젊은 엄마와 어린 아이들의 애달픈 모습 앞에 나도 그러고 있나보다.

있는 그대로 보듬어 주기

40대 초반의 성희 씨를 처음 보았을 때 당연히 보통 가정에서 '~의 아내' 로 살고 있겠거니 싶었다. 상냥하고 예쁜 성희 씨와 가까워지면서 싱글 맘 임을 알게 되었고, 그 이유가 궁금해졌다. 단순 호기심이라기보다는 여성 으로서 느끼는 연민이었고, 무엇인가 돕고 싶은 마음이 들어서였다. 가부 장적 사회의 끝자락에 있는 한국 가정에서 '벽'과 같은 상황을 박차고 나온 만용이었을까, 아님 정말 견딜 수 없는 '악'으로부터 빠져나온 것일까.

싱글 맘을 대하는 데에 이만큼 여지가 생기기까지는 짧지 않은 시간 동 안 여러 경우를 보았기 때문이다.

목숨보다 더 중한 삶의 틀(?)

오래전 성희 씨 나이의 언니가 아프다는

소리를 들은 지 1년 만에 '죽어가는 마지막 모습'을 보게 되었다. 그때까지 70대의 건강한 부모 밑에서 수술이나 입원을 모르고 살아온 가족들은 큰 충격을 받았다. 언니의 남편은 여러 나라에 흩어져 사는 가족들에게 병이 깊다는 말을 숨기고 치료 절차를 대충 보고했다. 그 바람에 뒤늦게 모인 가족들은 너무도 힘없이 마지막을 볼 수밖에 없었다.

죽음을 앞에 둔 사람들에 관한 엘리자베스 퀴블러 로스의 이론대로 가족들 역시 주저앉았다가 분노로 대들었다가 아무 도움이 되지 못했다는 데 자책을 했다. 그러다가 밀려온 죽음을 치러내며 질문을 하게 되었다. "암 말기가 되도록 그토록 몰랐을까?"

성품이 온화한 언니는 어려서부터 잘 참는 성격이었다. 자신으로 인해 주변에 문제를 내지 않는 순둥이였고, 맡은 일에는 책임을 다하며 아프다고 결석하는 일도 없었다. 나중에 안 일이지만 언니는 남편과의 문제를 혼자 참아내며 가족 누구에게도 말하지 않고 견디다가 급기야 병을 얻은 것이다. 몸이 불편해도 별 말 없이 마지막이 되도록 참고 있었던 것이다. 보수적인 틀에서 벗어나지 않는 삶을 살아온 가족들은 뒤늦게야 이런 사실을 알고 "차라리 남편과 헤어졌더라면" 하는 말들을 했다.

이번 결혼이 마지막이 되길

이런 일도 있었다. 영국에서 초등학생 자녀의 엄마들과 기도모임을 할 때다. 신실하고 모범이 되는 한 엄마가 "시아버지가 세 번째 결혼식을 하신다"는 거였다. 사람들은 그런 가정사에 놀라 선뜻 대꾸하지 못하고 있는데, 그녀는 담담히 상황을 설명하며 "이번이 마지막 결혼이 되게 기도해 달라"고 했다. 감정을 섞지 않고 적절한 태도를 취하는 그녀가 멋있게 보였다. 함께한 구성원들도 그 이상의 토를 달지 않고 담백하게 기도한 그날, 성숙한 태도에 대한 깨달음을 얻었다. 시아버지의 결혼식이 있던 토요일, 세 딸에게 예쁜 꽃무늬 원피스를 똑같이 입혀 조용히 식장에 가는 모습이 지금도 진한 여운으로 남아 있다.

싱글 맘 마음 헤아리기

　　　　　　　　　　다시 성희 씨 얘기를 하자면, 성희 씨는 결혼이 일종의 도피였으며, 그래서 서둘러 한 것이 후회된다고 말했다. 사람 보는 눈을 갖추기도 전에 '잘해 주는 사람'에게 무작정 끌렸고, 또 그거 하나면 안정적인 삶을 살 수 있을 줄 알았던 것이다. 다행히도 이제 성희 씨는 그런 아쉽고 힘든 감정들을 추스르고 아이와 편안히 살아가는 데에 모든 관심을 쏟고 있다.

"결혼해서 아이 낳고 잘 살아요." 사람들은 이 말을 가볍고 평범하게들 하지만, 이 구도에서 벗어난 이들은 '어떤 사연이 있는지' 의아해하는 이목을 안고 자신의 정체성을 세워 가느라 애쓰며 산다. 가까이서 보게 되는 싱글 맘들을 그 모습 그대로 인정해 주고 안아 주며 살아야겠다.

"남이 나를 헤아리면 비판이 되지만, 내가 나를 헤아리면 성찰이 되지, 남이 터트려주면 계란프라이가 되지만 나 스스로 터뜨리면 병아리가 되지." (유안진)

감춘 상처, 덧난 자국

좀 힘들고 슬픈 얘기다. 전쟁을 겪은 세대가 아닌데 전쟁 비슷한 트라우마를 지니고 산 사람과 그 가족들 얘기다. 80년대 초반 젊은 나이에 군인으로 복무하던 김 씨는 말수가 적은 내성적인 사람이었다. 결혼을 한 그는 무엇을 겪었는지 자신의 사연을 아내에게 제대로 말하지 않고 점점 술에 의존하기 시작했다. 아내는 그런 남편의 모습을 바라보며 안타까웠다. 상이용사인 남편이 받는 얼마간의 보조금을 위안 삼아 아내는 열심히 아이들을 돌보았고, 남편을 보듬으며 이해하려고 애를 썼다. 그러나 김 씨는 점점 술을 마시지 않고는 견디지 못하는 날이 많아졌다. 알코올 중독의 늪에 빠진 남편 대신 아내는 집 안팎의 일을 모두 감당해 내야 했다.

아이들이 어릴 때는 아빠의 망가진 모습을 감추는 데 급급했고, 좀 지나서는 아이들이 있는 데서 다투는 모습을 보이지 않으려고 아내는 참고 또 참았다. 알코올 중독 병원을 찾기도 여러 번, 그러나 그의 습성은 변하지 않았고 이런 사정을 주변에서 알 사람은 다 알게 되었다. 쓰러져 자고 있는 남편을 봤다는 소리가 여기저기서 들려왔다. 그러다 술에 취한 채 교회에 들어가더니 급기야 아내를 위협하는 일까지 생기게 되었다.

법은 멀고 주먹은 가깝다고 했던가. 아내는 어디든 숨고 싶었지만 특전사 출신인 김 씨가 어떤 일을 벌일지 몰라 대책을 세울 수도 없었다. 김 씨가 찾을 수 없는 곳에 방을 내어 준다 해도 아이들 학교와 아내의 직장 그 어디도 안전한 울타리가 될 수 없어 안타까울 뿐이었다. 더욱이 술에 취한 사람이 홧김에 어떤 일을 할지는 아무도 장담할 수 없어서 막연히 세월이 가기만을 바라고 있었다. 다행히도 그 가운데서도 아이들은 잘 성장해 희망이 되었고, 주변에선 그 아내의 인내를 고운 시선으로 바라보았다.

그즈음이었다. 김 씨가 술에 취한 채 길바닥에 넘어져 위독하다는 연락이 왔다. '이렇게 한 스토리가 마쳐지는가!' 무어라 형언할 수 없는 복잡한 사연이 한꺼번에 막을 내리는 것 같았다. 솔직히 그때는 영화의 한 장면처럼 김 씨가 벌떡 일어나 걸어오지나 않을까 조심스럽게 다음 연락을 기다렸다. 김 씨의 아내와 함께 걱정을 나눌 땐 김 씨가 정말이지 '람보'같이 못할 일이 없는 인물 같았기 때문이었다.

결국 김 씨는 그 밤 뇌출혈로 생을 마감했다. 무엇이 그토록 그 사람을 힘들게 했을까. 술에 취하지 않으면 지낼 수 없게 만든 그 시작은 무엇이었을까. 그의 아내가 말했다.

"가여운 사람이에요. 무언가 혼자 지고 가야 할 사연들이 많았던 것 같
아요. 누구에게 말하기도 힘들고 어쩌면 다시 기억해 말하고 싶지 않은
그런 일들을 겪었을지도 모르고요. 아내로 살면서 그 모두를 풀어 주려
고 했지만 저 역시 아이들 낳아 기르면서 경황이 없었고요. 나중에 그렇
게 가기 싫다는 알코올 전문병원에 입원시키는 일 외에 할 수 있는 게 없
었어요."

우리는 그의 생전에 그의 고민과 두려움을 알 수 없었다. 늘 술에 취한
그에게 누구도 가까이서 얘기를 묻지도 듣지도 못했다. 그러나 장례를 치
르며 그가 참 괴롭고 고독했을 거라는 생각이 들어 가슴이 먹먹했다.

괴로운 인생길 가는 몸이
평안히 쉴 곳 아주 없네.
걱정과 고생이 어디는 없으리.
돌아갈 내 고향 하늘나라.

어딘가에 중독된 사람은 그들이 중독된 상황에 빠져서
들을 귀가 없다. 지나치게 몰두하는 습성은 어디서 올까.

의좋은 실버 커플

얼마 전부터 교회에는 앞을 거의 못 보는 아내와 다정하게 예배에 참석하는 신사 분이 계시다. 이들은 '실버 커플'이라 불리는데, 두 분의 머리카락이 은빛으로 빛나기 때문이다. 중후한 분위기에 끌려 다가가 인사를 하면 윤기 있는 목소리에 또 한 번 끌리게 된다. 많은 삶의 이야기가 있을 것 같아 보이지만 언제 어떻게 왜 시력을 잃게 되셨는지, 늘 곁에서 자상하게 돕는 남편의 마음은 어떤지, 환한 미소를 가진 본인의 심정은 또 어떨지 그 어떤 질문도 쉽게 던질 수가 없었다. 단지 서로의 말소리와 손과 어깨를 만지면서 기분과 감정, 안부를 나누곤 했다.

"중학교 때 부르던 찬송가 가사가 기억에 남아 지금도 따라 부를 수 있는 게 감사해요. 긴 세월 신앙의 공백기를 가졌지만 노래를 좋아하다 보니 찬송가가 기억에 남아 있는 거 같아요."

그러면서 학구적이며 철저한 성품의 아내는 자아가 강해 잘난 줄 알고 살다가 60이 넘어 철이 들었다는 말도 함께 덧붙였다. 아마도 시력 장애와 연관 있는 고백인 듯했다. 주님은 이렇게 병들거나 어려운 일을 당하는 사람들에게 더욱 깊이 자신을 돌아볼 수 있는 힘을 선물로 주시나 보다.

바른생활 사나이로

아내의 이지적이며 맑은 대화에 실버 남편이 끼어든다.

"사람들은 아내 뒷바라지 하느라 제가 힘들 거라고 염려의 눈길을 보내는데, 실은 그렇지 않아요. 조금 번거로운 건 있지만, 덕분에 저는 바른생활 사나이가 되었거든요. 직장에서 은퇴한 남자들이 이때쯤이면 서로들 어울려 바깥으로 돌 수 있는데, 저는 오히려 더욱 가정적이 되어 건전하게 살고 있으니까요. 심심할 새 없이 부부가 서로를 바라보며 살게 되었다고나 할까요."

남편은 집안일도 하고 아내가 듣고 싶어 하는 CD를 틀어 주고 예배에 앞서 성경과 찬송을 미리 찾아 알려주는 등 아내의 필요를 채워 주기 위해 성심껏 돕는다. 빛과 색깔 정도만 구분하는 아내는 겉으로는 시각 장애인으로 보이지 않는다. 그래서 남편은 다른 사람들에게 인사하지 못하는 아내가 오해를 받을까 봐 어디를 가나 첫 만남에 이런 사정을 알린다. 군이 그럴 필요까지 없다는 아내를 향해 남편은 "당신 편하게 하려고 하는 일"이라고 설명한다.

공부를 좋아해서 우수한 상업학교를 졸업하고 대학교에 진학한 아내
는 목표를 세우면 무엇이든 다 하려는 사람이었다. 그런 사람이 중년이
되어 서서히 눈이 안 보이기 시작하면서 내려놓는 삶을 살게 되었다는 남
편의 말에 아내에 대한 안타까움이 느껴졌다. 하지만 그런 말에 대해 아
내는 "눈이 흐려지니 신기하게도 기억력과 상상력은 더 풍성해진 것 같아
요. 그래서 천국을 그리며 말씀을 묵상하는 일도 예전과는 좀 달라졌어
요"라며 다른 면을 알린다.

"저는 이 사람을 도와야 하기 때문에 건강도 스스로 더 챙기고 있습니
다. 남은 날 동안 아내를 옆에서 잘 보살피려고요. 그게 좋은 일 아닙니
까?"

아내의 시력 장애로 오히려 자기 관리를 잘하며 기꺼이 도움이 되려고
노력하는 실버 남편의 말에 멀리서 가졌던 염려가 옅어졌다.

아름다운 저녁놀을 보며 출발했다가 캄캄한 밤,
공중에서 폭풍을 만나기도 하는 게 인생이다.
그 두려움과 외로움 속에서도 돌아갈 집이 있어 정신을 차린다.

- 가정 같은 교회 -

가정 같은 교회를 만나다

S 씨는 거의 모든 생애를 혼자 살아왔다. 어려서부터 일해야만 살 수 있음을 알았고, 누구에게든 기대거나 누군가를 마음껏 믿어서도 안 되는 것을 스스로 터득했다.

뒤에서 도와준 양부모에게 고마운 마음이 크면서도 실망시키게 될까 늘 노심초사했고, 나이 들어서는 받은 은혜대로 어려운 아이를 수양딸 삼아 도와줬지만 결혼하고나자 연락이 멀어졌다. '아, 내 인생은 이런 건가 보다' 여기고 있었다.

그런데 나이 60이 지나며 주변을 둘러보니 인생의 이런저런 굴곡을 지내고 혼자 사는 사람들이 눈에 띄었다. 그들이 외로움과 박탈감, 공허감에 애쓰고 있을 것은 자명하고, 그런 삶에 익숙한 S 씨는 그들에게 실질적인 도움을 줄 수 있을 거라는 생각이 들었다. 평생 다니던 직장을 퇴직해 여유로워진 그는 혼자 사는 데 중요한 건 스스로를 사랑하는 것이라며 건강을 위해 맛있는 밥상을 차려 먹자는 등 혼자 된 이들을 격려하고 싶었다. 어떻게 그들을 만날까.

그즈음 옛 직장 동료가 함께 교회에 나가자고 연락해 왔다. 그전에도 몇 번인가 이런 말을 했지만 내키지 않다며 거절해 왔는데, 이제 시간도 많으니 따라갈 마음이 들었다. 낯선 곳, 낯선 사람들에게 자신을 어떻게 소개해야 할지 걱정이 앞서 '그냥 이렇게 살다 가야지' 하고 마음을 닫고 있었는데….

처음 접한 교회 분위기

막상 교회에 와 보니 따라 할 수 없는 노래와 성경 찾기, 긴 기도, 상냥한 사람들로 정신이 없었다. 스스로 나름 눈치 빠르고 금방 따라잡는 사람이라 여겼는데, 갑자기 너무 많은 숙제가 맡겨진 느낌이었다. '조금 젊을 때 왔으면 좋았을 걸….' 내심 아쉬워하다가 새로운 공부를 잘 따라가기 위해 집도 교회 근처로 옮겼다.

구역예배를 드리기 시작하니 집에 사람이 드나들게 되고 그러다 보니 대청소도 하고 먹을 것을 사다 나르게도 되었다. 그간 새어나가는 돈 없이 알뜰하게 살아왔지만, 이렇게 함께 식사도 하며 반겨 주는 얼굴들을 보니 조금씩 마음이 열려 소비하는 마음도 괜찮았다.

인도한 친구가 고마워

교회에 대해 큰 기대는 안 했는데 좋은 마음을 감출 길이 없었다. 얼굴에 웃음이 많아지고 삶에 활기가 생겼다. 신앙도 신앙이지만 마치 새 가정을 이룬 것처럼 소속감이 생겨 눈뜨면 할 일이 생각나곤 했다. 주일을 지나 수요일 예배, 금요일 구역 예배로 이어지니 옆자리 앉는 사람과도 정이 들고 도울 일이 없나 살피게 되었다. 약한 분들의 가방도 들어 드리고 크고 작은 심부름도 기꺼이 나섰다. 또 거동이 불편한 분들을 찾아가 말동무도 하고 식사도 함께 했다.

지금이 살아온 인생 가운데 가장 재미있고 보람된 날들을 보내고 있는 것 같았다. S 씨는 자신을 교회로 인도한 친구에게 고마운 마음을 담아 반지를 선물했다.

"정말 고마워요. 나에게 가정 같은 교회를 소개해 줘서. 늙어 꼬부라지는 날까지 이 마음으로 살아갈 게요."

노인 그룹의 막내 역할

몸이 가볍고 동작이 빠른 S 씨는 요즘 70대 그룹에서 막내로 중심 역할을 하고 있다. 모임의 기금 마련을 위해 물품도 팔고 명절엔 송편을 빚어 팔았다. 또 자신보다 나중에 교회에 나온 사람들에게 먼저 다가가 인사도 하며 스스로 만족해한다.

"많이 변했지요. 이렇게 마음을 여니 따스한 정이 오가네요. 늦은 감이 있지만 이제라도 깨달은 게 감사할 뿐입니다."

S 씨의 얼굴이 수줍은 웃음으로 가득하다.

 낡아가는 두레박에 샘물 담기.
맑은 샘에서 물을 계속 긷자는 이야기.
비록 물이 새더라도…. 나이 들며 기억할 말이다.

가족이 되어 주는 사람들

숙자 씨는 몸이 좀 약하다. 아마 어릴 때 큰 병을 앓았거나 사고를 겪은 것 같다. 남들보다 단순한 사고를 가지고 있어 생활 반경이 좁고 누군가의 도움이 필요해 보이는 사람이다. 이런 숙자 씨가 혼자 살면서 교회에 출석하니 주변 사람들은 걱정스런 얼굴로 그녀를 바라보고 있었다.

엄마가 되어 준 권사님

이 권사님이 숙자 씨를 구역에 맡아 돌보게 되자 다들 안도의 마음을 감추지 못했다. 가까운 곳에 사는 조용하고 책임감 있는 분이었는데, 숙자 씨를 흔쾌히 받아들여 고맙기도 하고 자연스러워 보이기도 했다. 권사님은 정말 숙자 씨에게 잘 대해 주셨고 얼마 안 가 '엄마'가 되어 주셨다. 일찍 부모를 여읜 숙자 씨가 엄마라고 부르고 싶어 하자 "내 딸은 지방에 살고 있으니 '서울 딸'로 하자"고 하신 것이다.

숙자 씨는 권사님의 팔짱도 끼고 기대기도 하면서 예배는 물론 교회 모임에 빠지지 않고 참여했다. 마치 엄마 옆을 그림자처럼 따르는 아이 같았고 평안해 보였다. 말수도 많아져 자신의 힘든 얘기, 사는 얘기를 다 하며 시장도 따라다녔다. 거의 집 안에만 국한되던 숙자 씨의 세계가 조금씩 바깥으로 넓혀지고 있었다.

다만 한 가지, '이 권사님이 좀 힘들지 않을까?' 하고 내심 걱정하는 사람들이 있었지만, 행복을 찾은 숙자 씨를 보며 다행이라 여겼다.

이별에 적절한 시간

감사하게도 그렇게 여러 해가 지나갔다. 그런데 권사님께 지병이 생기며 지방에 사는 자녀가 엄마를 모시러 왔다. 노화로 인한 자연스런 변화였지만 모두들 남겨진 숙자 씨 생각으로 이런저런 말들이 오갔다.

"권사님이야 딸 곁이니까 곧 적응하겠지만, 숙자 씨에겐 충격이 되지 않을까."

"어쩌면 정말로 엄마를 떠나보내는 심정이 될지도 모르는데, 그 빈자리를 어떻게 채워줄 수 있을지. 숙자 씨를 그만큼 보살필 사람이 또 있겠나?"

그러면서 숙자 씨에게 말을 건넸다.

"권사님이 가서서 서운하지?"

"엄마도 이젠 연세도 들고 몸이 안 좋아서 도움을 받아야 해요. 당뇨 때문에 혼자 주사 놓는 것도 보았어요."

숙자 씨는 생각보다 이 사태를 잘 이해하고 받아들였다. 권사님과 함께한 몇 년 사이 숙자 씨는 남을 생각할 수 있을 만큼 많이 성장한 것이다.

"나는 가끔 전화하면 되고요."

이듬해 비슷한 또래의 구역장이 숙자 씨를 돌보게 되었다. 이번엔 언니처럼 가르치며 인도했다. 지금껏 엄마 치마꼬리 붙잡고 따라다니던 아이였다면 이제는 언니와 거의 대등한 위치에서 독립적으로 살아가는 동생이 되어야 했다. 함께하는 시간이 있으면 혼자 집에 가야 할 시간도 있다는 것을 받아들여야 했다. 그러다 보니 점차 숙자 씨는 다른 사람들과도 관계를 맺기 시작했다. 몇 명의 언니와 이모도 생겨 인사도 하고 농담도 하며 친교의 범위를 넓혀나갔다. 십수 년 전, 숙자 씨를 처음 봤을 때의 표정과는 많이 달라진 모습이다. 세월 속에 늙고 약해지는 게 보통인데 숙자 씨는 거꾸로 밝고 생기가 도는 얼굴이 된 것이다.

나뉘진 도움들

이제 와서 보니 그전의 숙자 씨는 엄마처럼 품어 주는 애정이 필요했다. 그런 사랑을 이 권사님에게서 충분히 받으며 걸어 나갈 준비가 되었을 때, 언니 같은 구역장이 어느 정도의 경계선을 그어 주며 자기 자리를 스스로 만들어 가게 한 것이다. 달리 보면 이 권사님의 빈자리를 아는 어른들이 알게 모르게 한 부분씩 맡아서 잇고 있는 셈이기도

하다.

숙자 씨는 이젠 자기 얘기를 곧잘 하는 사람으로 무리 중에 끼어 있다.

"음식 쓰레기는 오빠가 와서 가져가요. 오빠는 택시 운전을 하니까 이 동네 오면 필요한 것도 사다 주고 우리 집에서 밥도 먹고 돈도 주고 가요."

"저는 국수나 밀가루 음식은 안 먹어요. 소화가 안 돼요."

"교회에 너무 오래 있으면 피곤해서 집에 가서 쉬고 오는 게 좋아요."

"요샌 성경구절을 외우기 시작했어요."

가족은 아니지만 가족 같은 사람들 덕분에 숙자 씨의 신앙은 나날이 깊어지고 생활도 넓어졌다.

남에게 말하는 내 말소리가 내게 말한다.
너도 그렇게 살아야 한다고 가슴 아프게 토로하는
그들의 소리가 내게 위로가 되기도 한다.

- 전쟁 -

우리 가슴속의 6.25는 아직도 '진행형'

전쟁 이야기 하나

　　춘옥 씨는 6월 이맘때가 되면 옆집에 살던 노부부가 한스럽게 울던 기억이 난다. 생활력 강하고 정직한 두 분은 이북서 피난 내려와 삼남매를 키우며 사업을 잘 꾸려나가고 있었다. 그런데 가끔씩 서로 큰 소리를 내며 울부짖었는데, 몇 해가 지나서야 그 사연을 듣게 되었다.

　　당시 행정구역이 강원도이던 원산에서 부부는 딸 둘을 키우며 바닷가 가까이에서 배 한 척을 가지고 고기를 잡아 장사를 했다. 근처에는 형님도 역시 배를 가지고 있어 함께 도우며 어렵지 않게 살아갔다.

　　그러던 어느 날 아침, 느닷없는 총성으로 난리(전쟁)가 났음을 알고 모두들 짐을 싸 리어카에 싣고 머리에 이고 피난길에 올랐다. 그런데 이웃 사람들이 몰려와 함께 배를 타고 가자는 것이었다. 형님 댁 배까지 해서 두 척이니 꽤 여러 가족이 갈 수 있다면서.

드디어 배가 떠날 시간이 되자 사람들이 여기저기서 튀어나와 마구 올라탔다. 그야말로 난리 통에 이런저런 말이 통하지 않았고, 배 안은 숨쉬기도 힘들 정도로 북새통을 이루었다. 영문 모르는 어린 딸들은 사람에 깔릴 지경이었다. 이렇게 몇 시간을 가기는 힘들다 싶었는데, 그래도 큰집 배는 좀 상황이 나아 보였다.

"옛다, 너희는 큰아버지 배 타고 와라."

아버지가 두 딸을 안아 냉큼 큰집 배에 옮겨 앉혔다.

"금방 만나자우. 바로 옆에서 따라올 거니깐."

"어? 어? 형님! 형님!"

큰집 배가 따라오지 않았다. 아무리 소리쳐도 어찌된 영문인지 알 길이 없었다. 배는 점점 멀어지고 보이지 않게 되었다. '나중에라도 오겠지. 늦게라도 기다리면 만나겠지'하며 살아온 세월이었다. 한참을 지나서야 그 배가 북으로 올라갔다는 소식을 들었다. 도저히 믿기지가 않았다. 왜? 누가?

이제 부부는 남한 생활에 자리가 잡히며 아이도 셋이나 낳아 잘 키우고 있었다. 그러나 6월 이맘때가 되면 가슴속 딸들 생각에 한바탕 원망과 한을 부르짖곤 하는 것이다.

"자기 딸 간수도 못하고 난리 통에 남의 배에 옮겨 태워?"

"금방 올 줄 알았지."

"당신 같은 사람이 무슨 애비야?"

"그래, 난 애비도 아니다."

"우리 애들 어떻게 살았을까?"

"큰아버지가 자기 애들 하고 같이 키웠겠지."

아직도 다 하지 못한 전쟁 이야기가 얼마나 많이 숨어 있을까.

전쟁 이야기 둘

세탁소 하는 딸을 도와 여든이 넘도록 옷 수선을 하시는 할머니 이야기다.

"우린 임진강을 건너 피난을 왔지요. 그 강은 폭이 좁아 덤벼들 만한 곳이 있었어요. 물살이 무척 셌는데 돈 받고 길 안내하는 사람이 거기까지 우릴 데려다 주고 돌아가요. 강둑에 여러 사람들이 서서 앞에서 하는 대로 하는 거예요. 짐은 다 버리고 목에 맬 수 있게 한 것만 매고 서로 손을 꽉 잡고 물로 들어서요. 일렬로 계속 가야 중간에 발이 안 닿는 물속에서도 앞뒤 사람 손을 의지해 둥둥 떠서 지나갈 수 있지요. 손을 놓치면요? 그냥 떠내려가는 거지요. 그러니까 죽을힘을 다해 서로 잡고 건넜지요. 캄캄한 밤, 차갑고 센 물살, 누가 물에 떠내려갔는지, 몇 사람이나 그 강을 건너려고 찾아왔는지 아무도 몰라요. 그날 밤을 생각하면 살면서 못할 게 없더라고요."

이산가족을 찾을 수 없는 사람들

선영 씨는 결혼할 무렵이 되어서야 아버지의 깊은 우울을 이해하게 되었다. 서류를 떼어 보다가 아버지가 이북에서 결혼한 적이 있음을 알게 되었다. 자식도, 그러니까 배다른 형제도 둘이나 있었다. 이런 큰일을 30년 동안 모르고 살아왔다는 것도 놀라운 일이었지만 아버지의 인내와 엄마의 속 깊음이 다시 보였다.

아버지는 공부를 좋아하고 명석한 분이었지만 곧잘 자기만의 세계로 들어가 어두운 얼굴을 하셨다. 살면서 가지던 몇 가지 의문이 연결되었다. 어려서부터 친척 왕래가 별로 없던 우리 집, 명절이면 아버지가 아침 일찍 혼자 나가시던 생각이 났다. 그럴 때면 엄마도 별다른 말을 하지 않고 그냥 바라보고만 계셨다. 아마도 아버지는 명절에 휴전선 근처 망향의 집이라도 가셨나 보다.

선영 씨는 아버지 공부방에 걸려 있던 달력이 기억났다. 어떤 여자 배우 달력이 그 방에 어울리지 않게 달려 있었다. 나중에 물어 보니 이북에 두고 온 아내를 닮은 얼굴이었다고 엄마가 대신 말씀하셨다. 아버지는 그렇게 쓸쓸한 얼굴을 한쪽에 가린 채 돌아가셨다.

이산가족 상봉이 몇 차례 있어도 이름조차 낼 수 없었을 아버지의 마음이 문득 느껴진다. 전쟁으로 헤어진 부모와 형제는 50년이 지나도 얼싸안고 만날 수 있지만, 부부가 만나는 건 본 기억이 없다. 긴 세월이 흘러 새로 시작한 삶에 서로 그 어떤 영향도 주고 싶지 않기 때문일 것이다.

믿을 수도, 안 믿을 수도

평양이 고향인 전 씨는 30년 전 이민을 떠나며 이렇게 말했다.

"그곳 시민권을 얻으면 북한 방문을 할 수 있대요. 살아 있을 때 고향 한번 가 봐야지요."

직장에서 은퇴하고 아들을 따라 한국을 떠난 전 씨는, 몇 년 후 시민권을 받자마자 북한 사무처에 가족 생사확인을 요청했다. 어머니와 형님은 돌아가셨고 여동생이 살아 있다는 답변이 왔다.

'여옥이, 우리 막내딸 얼굴과 비슷한 내 동생 여옥이.' 몇 살에 헤어졌나 꼽아 보니 지금의 막내딸 나이쯤이었을 것 같다. 전 씨는 동생이 어디에 살고 있는지, 다시 연락을 했다. 한참 만에 답장이 왔다.

"잘 지내 왔는데 요즘 몸이 아파 돈이 좀 필요합니다."

'얼마 만에 찾은 동생인데' 하며 돈 얼마를 넣고 사진도 동봉했다. 전 씨는 이렇게 한두 달에 한 번씩 편지를 주고받았다. 언제 북한을 방문할 수 있을지 기대와 흥분으로 가득차서.

그런데 그쪽에서 오는 편지의 글씨체가 바뀌면서 이젠 힘이 들어 대필을 해야 한다고 했다. 사진을 보내라고 하니 오래된 듯 보이는 낡은 사진이 왔다. 가족들은 뭔가 이상하다고 얘기했지만, 전 씨는 아프다는 동생을 이 상황에서 다시 모른 척 할 수가 없었다. 결국 동생이 살아 있을 때 고향 땅을 밟고 싶다는 마음에 북한 방문 신청서를 냈다.

그러자 동생이 사망했다는 연락이 왔다. 전 씨는 앓아 누웠다. 지워진 기억을 찾아서 얼마간 둥둥 떠서 지냈는데, 그것도 길게 가지 못한 것이다. 주변에선 그간의 편지나 아프다고 돈을 받은 것도 다 제삼자였을 거라고 말했다. 그렇다면 동생이 살아 있었다는 말도, 지금 죽었다는 말도 믿을 수 있는 사실은 아무것도 없지 않은가.

전 씨는 한바탕 몸살을 겪고 일어났다. '그래도 내가 할 수 있는 만큼은 다 했다'며 마음을 추슬렀다.

나를 다독여주기.
여기까지 오느라 수고 많았다고.
침묵엔 그만큼 많은 감정이 들어있는 것 같다.

6월에 남은 이야기

소를 가져간 공산군

올해 75세가 되시는 강 할머니의 전쟁 기억이다.

"충청도에서 일가를 이루고 살던 우리는 피난 갈 생각도 할 틈 없이 공산군이 쳐들어왔어요. 얼굴은 어린데 비렁뱅이 같은 공산군들이 밥을 내놓으라 해서 어른들이 차려 주면 정신없이 먹던 기억이 나요. 그러다가 우릴 쳐다보고 같이 먹자고 하면 우린 큰일이라도 난 듯 도망가곤 했지요. 그런데 얼마가 지나자 후퇴하면서 이번엔 있는 걸 다 내놓으라는 거예요. 할아버지가 '보다시피 남은 게 뭐가 있느냐'며 호통을 치셨지요. 그러자 대장으로 보이는 군인이 어린애를 붙잡고는 데려가겠다고 으름장을 놓는 거예요. 할아버지는 말없이 일어나시더니 소를 끌어 오셨어요.

'가져가슈.'

'우린 소 없으면 안 되는데….'라며 식구들이 조그만 소리로 말했지만 아무도 나서지는 못했어요.

다시 얼마가 지나자 이번엔 태극기를 앞세운 국군이 들어왔어요. 모두들 기뻐 만세를 부르며 날뛰었지요. 그런데 다음 날부터 동네 사람들은 우리 집을 대고 쑥덕거리기 시작했어요.

'저 집은 공산당한테 밥도 주고 소도 내주었다'구요. 할아버지는 여기저기 찾아다니며 잘못을 비셨어요. 전쟁 때 얘기를 어떻게 다 하겠어요? 어린 마음에 속상했던 기억이 납니다."

전성골 영희 이야기

군인이던 아버지는 아내와 두 딸을 '전성골'이라는 촌에 피난시키고 전쟁터로 나갔다. 20대 젊은 애기 엄마는 작은애에게 젖을 물리고 세 살짜리 큰애는 혼자 나가 놀라고 했다. 낯선 마을서 아버지마저 안 보이자 큰애가 그나마 보리죽도 안 먹기 시작했다. 아이에게 줄 만한 게 따로 있을 리 없는 전시 상황, 아이는 눕고 말았다. 팔다리는 축 늘어져 울지도 보채지도 않는데, 엄마는 해줄 게 없었다. 미음을 조금씩 떠먹이며 말을 시켜 보지만 눈동자에 영 힘이 없었다. 방에 널브러져 있는 아이를 보며 엄마는 무슨 생각을 할 수 있었을까. 그 저녁도 그렇게 저물어 막 촛불을 켜고 있을 때였다.

"영희야!"

아버지의 쇠 조각 같은 목소리가 들렸다.

"영희야!"

엄마가 젖 물린 아이와 함께 일어나느라 둔하게 움직이는 사이 큰애가 벌떡 일어나더니 "아버지" 하고 나가는 것이 아닌가.

"여보, 애가 일어났어요."

"무슨 소리야?"

"몇 주째 못 일어났거든요."

"뭐라고?"

엄마는 뭐라 설명해야 할지 몰랐다. 영희는 아버지 가방에서 나오는 과자와 초콜릿을 막 받아먹었다. 그걸로 병 아닌 병은 끝이 났다. 영희는 아버지가 보고 싶어 실어증에라도 걸린 것이었나. 아님 영양실조로 기운을 잃었다가 반가운 아버지 소리에 벌떡 힘이 솟은 걸까.

둘 다일 듯싶다. 엄마가 어린 아기에게 붙어 있으니 큰애는 어쩔 수 없이 바라만 본 것일 테고.

이후 영희는 지리한 전쟁이 끝나기까지 잘 견뎌 냈고, 살아서 이렇게 지난 일을 떠올리고 있다.

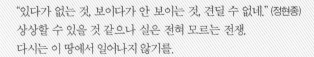
"있다가 없는 것, 보이다가 안 보이는 것, 견딜 수 없네." (정현종)
상상할 수 있을 것 같으나 실은 전혀 모르는 전쟁.
다시는 이 땅에서 일어나지 않기를.

내적 맹세에서 자유로워지기

명이 아버지는 트럭 운전을 하며 가족의 모든 것을 책임지는 가장이다. 경제적인 면뿐 아니라 가족들에게 일어나는 크고 작은 일에 관심을 가지고 최선을 다해 보살피려고 한다. 자신의 일도 고단할 텐데 일종의 완벽주의 성향으로 모두의 대장 역할을 해내고 있다. 아버지로서 당연한 일 같기도 하고 모범적으로 보이기도 하지만, 날마다 성장하고 독립적이 되어 가는 아이들에게 갑갑함을 느끼게 하는 일들도 생기기 시작했다.

대학생 자녀들의 방학 스케줄을 함께 짜고 싶어 하며, 휴가도 아버지 시간에 맞춰 다 함께 가자고 했다. 사실 어려서부터 늘 그래 왔지만 이제 성인이 된 아이들은 불편해지기 시작했다. 여행할 때도 운전대는 아버지가 잡아야 하고, 장소나 음식 메뉴를 결정하는 일부터 옷차림까지 다 참견하는 아버지가 부담스러워진 것이다.

너무(?) 잘하려고 하는 마음

그런 명이 아버지가 매우 피곤한 일정을 마치고 귀가하다 교통사고를 냈다. 깜빡 졸음운전으로 공공기물 파손 등 해결해야 할 문제들이 속속 밀려왔다. 한동안 운전도 할 수 없게 된 상황에 이리저리 할 일이 밀어닥치니 정신적 충격은 말할 것도 없고 나날이 예민해져 갔다. 본인 몸도 여기저기 결려 물리치료실을 다녀야 하고, 무엇보다도 가족에게 걱정을 끼친다는 생각과 가족들에게 해야 하는 '주는 역할'을 하지 못한다는 것이 견딜 수 없는 괴로움으로 다가왔다. 똑바로 정신 차리고 살면 이런 어려움은 오지 않을 거라고 믿고 살았던 만큼 낙심 또한 컸다.

가족들은 마음을 내려놓았다. 교통사고에 대한 응당한 과징금과 보험료 인상을 감안해야 하고, 시간이 지나야 운전면허가 살아나므로 너무 조바심 내거나 안타까워하지 말고 기다리자고 얘기했다. 그리고 인명 사고가 나지 않은 게 무엇보다도 감사하다고 위로했다. 그러나 명이 아버지는 일하지 못하는 기간을 생각하며 깊은 한숨을 쉬고 또 쉬었다.

내적 맹세를 하게 된 이유

무엇일까? 왜 명이 아버지는 이토록 '일하는 사람' '주는 사람'으로 살고 싶어 하는 것일까? 또 그러지 못할 때 오는 심리적 압박감은 무얼 말하는 것일까? 교회에서 상담사를 만나 얘기를 나누다 한 가지 짚이는 게 있었다. 너무 잘하려고 하는 마음이 명이 아버지 자신의 에너지를 넘치게 요구하고 여유를 갖지 못하게 해 고단한 삶을 살게 한 것은 아닐까.

명이 아버지에게 이번 사고를 처리하느라 당장은 복잡하지만, '좀 다르게 살아 볼 기회'로 여기고 넓게 주변을 돌아보는 게 어떠냐고 제안도 해 봤다. 그는 왜 그런 생각이 들지 않을까? 괜찮다고, 사고도 날 수 있는 거라고, 이만한 게 다행이라고 말해 줘도 말이다.

상담사와 얘기를 더 나누다 보니 또 하나의 사실도 알게 되었다. 명이 아버지는 자신의 아버지가 가정을 돌보지 않아 어려서부터 경제적·정신적으로 내내 궁핍한 가운데, '내적 맹세'를 하게 되었다. 그것은 보통 사람들이 결혼해서 자연스럽게 이뤄 가는 가장으로서의 아버지 역할을 잘하겠다는 것, 그것이 명이 아버지에게는 삶의 목표가 되어 버린 것이다.

열심히 일해서 가족을 부양하며 모든 필요를 채워 주는 아버지, 그것이 소원이던 명이 아버지가 그 일을 한동안 할 수 없다고 생각하니 낙담할 수밖에 없었으리라. 이런 문제에 대해 상담사는 한 걸음 나아가 넓은 시야의 삶을 바라보라고 제시해 주었다.

"어릴 적 내적 맹세로 여기까지 잘 살아오셨어요. 이제는 거기서 좀 자유로워지세요. 아이들도 많이 자랐고 관심을 넓힐 때가 되신 것 같아요." 야베스의 기도 "주께서 내게 복을 주시려거든 나의 지역을 넓히시고 주의 손으로 나를 도우사 나로 환난을 벗어나 내게 근심이 없게 하옵소서"(역대상 4:10)가 생각난다.

신체 질환을 부르는 '수동 공격'

별명이 온유 집사님인데….

ㄴ 집사는 옷매무새와 봉사하는 솜씨가
좋다. 상냥한 성격으로 주위를 즐겁게 한다. 더욱이 성격이 강한 남편의
주장을 잘 참고 조절하는 모습이 남의 눈에도 보여 '온유 집사님'이라는
별명까지 붙었다. 그러나 잘 아프다. 또 ㄴ 집사님을 가까이 대하다 보면
다른 사람 뒷얘기를 많이 하는 것을 느끼게 된다. 그 자신도 모르게 남의
얘기를 하게 되는 것도 같다. 그 자리에 없는 사람에 대한 말을 잘 끄집어
낸다. 한번은 ㄴ 집사와 그런 얘기를 나눈 사람이 화제의 중심이 된 사람
과 거리감이 생겨 어색해하는데, 정작 ㄴ 집사는 자신이 험담했던 사람과
아무렇지도 않게 온유한 얼굴로 대화를 했다. 그걸 본 사람이 고민을 하
다가 나중에 이런 면이 불편하다고 말하자 "내가 말할 때 동조하지 않았

느냐?"고 되묻는 것이었다.

이 문제에 대해 상담자는 "ㄴ 집사의 경우 온화한 얼굴로 남편의 강한 성격을 참아 내며 자녀에게도 전적으로 헌신하고 있다니, 마음속에 쌓인 피로가 자신도 모르게 남을 흠잡거나 이중적인 모습으로 나오는 것 같다"고 말했다. 그러다 보니 마음에 평안이 없어 아프게 되는 것이라고도 했다.

너무 조용한 사모님 이야기

목회에 늘 머리와 마음 쓸 일이 많아 힘겨운 ㄹ 사모 이야기다. 40대에 첫 목회를 시작한 남편을 도와 ㄹ 사모는 친절하고 자상하게 교인을 돌보는 사람이다. 그러나 집에 오면 아이들이 하는 얘기를 건성으로 듣거나 대답을 놓치곤 한다. 아이들은 고단한 엄마를 알기에 되묻거나 항의하지 않고 물러서 있다.

"어릴 적 여러 형제 가운데 끼어서 내 의견이 무시되는 분위기가 싫었어요."

ㄹ 사모의 고백이다. 그런데 ㄹ 사모는 어느 날 자신도 그러고 있음을 보고 놀랐다고 말한다.

"아이들에게 나 같은 심정을 주고 싶지 않아 둘만 낳아 키우는데도 비슷한 상황을 만들고 있다는 생각이 들자 서글픔이 올라오더라고요."

그날 이후, 밖에서처럼 아이들에게도 친절하게 들어 주고 답해야겠다고 마음먹었지만 늦은 게 아닌가 하는 생각이 들기도 한다고.

수동 공격적인 양상

　　　　　　　　우선 부드럽고 온화한 모습을 지닌 사람은 온유한 사람에 가깝다. 순종적이고 검소하며 순수한 이들은 이미 주변에서 인정을 받고 있어 자기 몫보다 더 많이 일하고 완벽하게 보이려고 애쓴다. 그러다 보니 그 속에서 불평이나 욕망이 생길 때 적절히 드러내지 못해 마음에 짐으로 남는다. 점차 쌓인 울화 같은 부정적 감정은 가족들이나 주위 사람, 혹은 자기 자신에게 전달이 된다. 그것이 수동 공격적 언어나 태도로 나타나는데, 온화함 속에 들어 있어 오랜 시간 관찰해야 알 수 있다. 이런 시스템은 부모로부터 이어지는 경우가 많은데, 뚜렷이 의식하지 못하고 생활양식을 습득하기 때문일 것이다.

　어린 이유로 항변할 수 없는 아이들은 겉으론 온화하게 길든 조용한 모습으로 성장하나 스트레스를 자신에게 이입시켜 두통이나 소화불량을 겪는 '신체화 증상'을 갖게 되거나, 상대적으로 약한 사람에게 수동 공격을 하는 유형으로 만들어져 간다. 긴 역사 속에서 대부분의 여성이 이런 수동 공격의 구조를 이어 왔다.

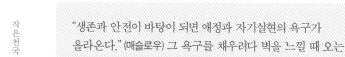

"생존과 안전이 바탕이 되면 애정과 자기실현의 욕구가 올라온다."(매슬로우) 그 욕구를 채우려다 벽을 느낄 때 오는 갈등과 외로움을 어떻게 해결할까.